로크미디어가
유혹하는
재미있는 세상

ROK
MEDIA
로크미디어

운현궁의 주인

운현궁의 주인 5

2017년 1월 31일 초판 1쇄 인쇄
2017년 2월 3일 초판 1쇄 발행

지은이 화명
발행인 이종주

기획 팀 이기헌 송윤성 왕소현
책임 편집 이정규

발행처 (주)로크미디어
출판등록 2003년 3월 24일
주소 서울시 마포구 성암로 330 DMC첨단산업센터 3층 314호
Tel (02)3273-5135 **Fax** (02)3273-5134
홈페이지 rokmedia.com **E-mail** rokmedia@empas.com

ⓒ 화명, 2015

값 8,000원

ISBN 979-11-255-9835-0 (5권)
ISBN 979-11-255-9830-5 04810 (세트)

| 화명 장편소설 |

운현궁의 주인

5

로크미디어

차 례

1장

츠펑에서 다시 기차를 타고 북경으로 향했다.

지난 시찰 때는 베이징은 방문하지 않고 난징南京으로 직행하였으나, 이번에는 베이징 시찰 일정도 포함되어 있었다.

기차 타고 10시간에 걸쳐 도착한 베이징역에는 베이징 지방 괴뢰 정부에 해당하는 화북정무위원회華北政務委員會의 환영식 열렸다.

츠펑에서도 많은 환영 인파가 있었는데, 베이징은 과거 명과 청 시대의 수도답게 츠펑과 비교가 안 될 정도의 인원이 동원되어 있었다.

물론 여기 나온 사람들이 진정으로 나를 환영하기 위해 왔다고는 생각하지 않았으나 수많은 인파를 보니 압도되는 건

어쩔 수 없었다.

열차에서 내리니 가장 선두에 있는 사람들이 다가왔다.

"만나 뵙게 되어서 영광입니다, 이우 공 전하. 저는 전하가 북경에 계시는 동안 안내를 맡은 화북정무위원회 상무위원常務委員인 원통 상무위원입니다."

원통이라고 자신을 소개한 50대 중후반 정도의 남자는 이때까지 봤던 중국인 관료가 일본어에 익숙하지 않아 따로 통역사를 두고 대화를 했던 것과 다르게 상당히 유창한 일본어로 말했다.

"반갑소. 원통 상무위원은 일본어가 상당히 유창하군."

손을 내밀어 악수하며 말하니 그가 밝은 웃음을 보이면서 내게 대답했다.

"일본 육군경리학교와 육군고등경리학교에서 4년 동안 수학修學해 일본어에는 익숙합니다, 전하."

편견인지는 모르겠으나 괴뢰정부에서 일하는 사람들은 전형적인 친일 부역자로 생각되었는데, 일본 경리학교를 나왔다고 말하는 원통의 표정에는 자랑스러움이 묻어 있었다.

"아무래도 통역을 통해서 이야기하면 불편했는데, 말이 통하는 사람이 있다니 다행이군."

뭐라고 대답해야 할지 몰라 그냥 그의 능력을 조금 치켜세워 주는 식으로 이야기하니 예의 웃음이 함박웃음으로 바뀌었다.

"화북정무위원회로 가시면 왕의탕王揖唐 위원장께서 직접 환영 연회를 준비하고 있습니다. 저희가 준비한 차량으로 바로 이동하시면 됩니다, 전하."

윈통의 안내를 따라 차량으로 이동했다.

베이징역을 벗어나기 시작했다.

베이징역을 벗어나면서 눈에 들어온 것 중에 베이징역의 입구에 적혀 있는 베이징역의 이름이었다.

경봉철도京奉鉄道 정양문正陽門 동역東駅이어서 같은 차를 타고 있는 윈통에게 물었다.

"이곳이 베이징역이 아니었나?"

"아아, 정식 명칭은 저기 적혀 있는 정양문 동역이 맞습니다. 그런데 사람들은 보통 베이징역이나 베이핑北平역이라고 하는데, 베이핑은 장제스 쪽 놈들이 쓰는 말이어서 요즘은 베이징역이란 명칭을 보편적으로 쓰이고 있습니다, 전하."

대화를 하는 사이에 차는 북경역을 벗어나 베이징 시내를 나갔다.

500년이 넘는 동안 명, 청나라의 수도였던 베이징은 아직도 곳곳의 건물들이 과거의 영광을 말해 주듯 화려하게 장식돼 있었다.

차는 막힘없이 이동해 천안문 광장을 지나 자금성의 입구인 우먼午门에 도착했다.

오문 앞 광장에 차가 멈췄는데, 차에서 내리자 ㄷ 자 모양으로 되어 있는 오문의 엄청난 크기가 눈에 들어왔다.

중앙의 입구를 중심으로 양옆으로 문이 나와 있었는데, 외세가 침입해서 정문으로 들어오려고 하면 양쪽 성벽 위에서 공격하면 쉽게 막을 수 있을 것 같은 모양을 하고 있었다.

"이곳부터는 걸어가셔야 합니다, 전하."

"많이 걸어야 하는가?"

"5분 정도만 걸어가시면 됩니다. 연회는 정무위원회가 본회의당으로 사용하는 태화전太和殿에서 준비하고 있습니다. 이 문은 어로문御路門이란 이름을 가진 문으로, 청 대에는 황제만이 지날 수 있는 길이었습니다. 저쪽 좌문은 문무 대신들이, 이쪽 우문은 종실 왕공들이 다니던 길입니다."

황제가 다녔다는 어로문을 통해서 자금성으로 들어가니 바로 정면에 일장기가 크게 걸려 있는 건물이 눈에 들어왔다.

"저곳이 태화전입니다, 전하."

일장기가 걸려 있는 태화전의 모습이 일장기가 걸린 경복궁의 모습과 겹쳐 보였다.

"그런데 이곳에는 나무가 없어서인지 그늘이 하나 없군."

"과거에는 황궁으로 침입하는 자객을 막기 위해서 일부러 수목을 심지 않았습니다. 그리고 황제는 항상 환관들이 대산大繖(해 가리개)을 가지고 다녀 굳이 나무를 심어 그늘을 만들 필요가 없었습니다, 전하."

나무 한 그루 없어서인지, 태화전까지 걸어가면서 보이는 자금성은 분명 붉은색과 금색으로 장식이 되어 있으나 생기 하나 없이 무채색으로 보였다.

청나라의 마지막 황제인 푸이는 만주국에 있고, 주인을 잃어버린 자금성은 마치 죽어 있는 느낌이었다.

물론 화북정무위원회가 실질적인 주인으로 사용하고 있었고 청나라가 번성했던 때에도 나무를 심지 않았다고 하니, 지금의 풍경과 다르지 않았을 수도 있었다.

태화전에 도착하자 작은 키에 민머리 흰색의 긴 수염이 인상적인 노인이 10여 명의 수행원을 뒤로한 채 나를 반겨 주었다.

"천황가의 일원이신 이우 공 전하의 북경 방문을 환영합니다. 소인은 난징南京 국민정부國民政府 화북정무위원회 위원장인 왕의탕입니다, 전하."

왕의탕은 일본어를 못하는 듯 중국어로 말했고, 그것을 안내역인 윈통이 통역했다.

내가 태화전에 들어서자마자 버선발로 뛰어나와 반기듯 인사하는 왕의탕이 곱게 보이지는 않았다.

그래도 화북의 패자인 그의 인사를 무시할 수는 없었기에 입을 뗐다.

"반갑소, 이우요."

"전하께서 점심은 열차에서 하신 것으로 알고 있습니다.

아직 저녁 시간이 여유가 있어 먼저 전황과 전세에 대해 보고를 드릴까 하는데, 어떻게 하시겠습니까, 전하?"

"그리하지."

어차피 나는 기계적으로 일정을 소화하고 있었기에 무엇을 먼저 하든 별 상관이 없었다.

태화전 안에는 위원회의 회의 용도로 사용한 것으로 보이는 긴 탁자와 의자가 놓여 있었는데, 왕의탕은 나를 그곳의 상석으로 안내했다.

내가 자리에 앉자 위원회의 대변인이라고 자신을 소개한 인물이 벽보가 부착된 판을 가지고 나와 세워 놓고 말하기 시작했다.

"먼저 전황을 보고드리겠습니다, 전하. 현재 화북정무위원회는 중화민국과 장제스蔣介石 일당보다는 중국 소비에트 공화국(이하 중국공산당)과 전선을 형성하고 있습니다. 중국공산당의 상황은 명목상 총서기 장원톈張聞天이 있긴 하나, 이미 37년 중화민국과의 내전에서 패해 장시에서 옌안으로 도주할 때 실각해 모든 권력은 마오쩌둥毛澤東에게 넘어가 있습니다. 중국공산당은 옌안을 근거지로 활동하고 있으며 올 2월부터 마오쩌둥을 중심으로 정풍운동整风运动이라는 운동을 지속하고 있습니다. 이 운동은 대외적으론 잘못된 세 개의 풍조 '주관주의', '종파주의', '형식주의'를 바로잡는다는 것이나, 저희 쪽으로 망명한 인물들의 증언에 따르면 마오쩌둥이 정풍운동을 빌미로 반대파를 대대적으로 숙청하고 있다고 합니다. 병력은 국민혁명군 제8로군(八路軍)과 국민혁명군 신편제4군(新四軍)으로 구성되어 있는데, 대략 50만의 팔로군과 10만의 신사군으로 편성되어 있는 것으로 확인했습니다. 팔로군에 대해서는 거의 정확하게 확인하였으나, 신사군은 1년 정도 전 양쯔강(长江)에서 중화민국군과의 교전으로 전멸 후 다시 편성한 부대여서 정확하지는 않습니……."

대변인이 하는 말 중에서 일부는 이미 알고 있거나 역사를 배우며 습득한 정보들이었다.

한참 듣고 있으니 학창 시절 역사 교육을 받는 것처럼 귀에 잘 들어오지 않았다.

내가 지루하다는 표정을 짓고 있었는지 옆자리에 앉아 있던 왕의탕 위원장이 대변인의 말을 중단시켰다.

"이봐, 중요한 전황만 보고하게, 그런 세부 내용까지 전하가 들으셔야겠나?"

나도 지루하던 차라 위원장의 말이 기뻤지만, 별다른 표현을 하지 않고 자리에 가만히 앉아 있었다.

그러자 대변인은 당황하며 떨리는 손으로 들고 있던 수첩을 몇 장 넘기고, 그의 뒤에 있던 사람 두 명에게 무어라 말했다.

그러자 세워져 있던 벽보가 중국 지도가 그려진 것으로 변경되었다.

"전황을 설명해 드리겠습니다⋯⋯."

간추린다고 했던 보고 역시 길이가 길었다.

그가 보고한 내용을 요약하면 각 지방의 큰 도시는 치안이 완벽히 유지되고 있고 지방 도시로 갈수록 치안이 불안한데, 시골로 가게 되면 중국공산당을 지지하는 사람이 많아 실질적인 지배력을 가지지 못하고 있었다.

물론 그들은 그 내용을 최대한 숨기기 위해서 둘러 둘러 말했지만, 요지는 그것이었다.

그리고 현재 군이 가장 노력하고 있는 부분은 철도에 대한 보호였다.

남부 전선으로 가는 보급 물자 수송을 위해선 철도 확보가 가장 중요했고, 화북정무위원회가 지배하고 있는 지역의 철도에 대해선 누구도 손을 대지 못하도록 치안을 유지하고 있다고 했다.

보고가 끝이 나자 원통은 나를 숙소까지 안내했고, 저녁에는 태화전에서 만한전석滿漢全席이 준비됨을 말했다.

숙소는 자금성 내에 서태후가 사용했다고 하는 전각이었다.

나는 전각으로 들어가 긴 기차의 여독을 풀었다.

아무리 침대칸이고 특등석이라 잘되어 있다고 해도 움직이는 기차에서 편히 쉴 수는 없었다.

기차에서 자는 것은 체력을 회복하는 것이 아닌 현상 유지만 하는 느낌이었다.

⚜

숙소에서 쉬고 저녁에 다시 태화전으로 가니 그곳에는 엄청난 양의 음식들이 탁자 위를 채우고 있었다.

"이걸 다 먹으라고 차려 놓은 것이오?"

"아직 다 올리지 않았습니다. 만한전석은 전 중국의 진미가 다 나오는 것이라 아직 한참 남아 있습니다. 이것을 어느 정도 드시면 계속해서 다른 음식이 나올 예정입니다. 음식은 모자라는 것보다는 남는 것이 좋습니다, 전하."

"대단하군."

윈통이 내가 만한전석에 관심을 보이는 것으로 알았는지 만한전석을 한참 설명했는데, 대략적인 내용을 이야기하자면 3일간 이어지는 음식의 대향연으로 3일간 점심 저녁으로 만주족과 한족의 진미를 다 먹는다고 했다.

그리고 오늘은 내가 북경에서 지내는 시간이 3일이 되지 않아 저녁 식사 한 번에 그 모든 음식이 나온다고 했다.

입으로는 대단하다고 말했지만 3일 동안 먹고 마시기만 하는 연회라…… 어떻게 보면 너무나도 말도 안 되는 음식 코스라고 느꼈다.

내가 자리에 앉자 다른 참석자들도 앉았고, 왕의탕이 자리에서 일어나서 중국어로 뭐라 뭐라 말했다.

그러면서 뒤에 놓여 있던 단지 모양의 흙 도자기를 자신의 앞으로 가지고 왔다.

"전하, 저것은 샤오싱주(소흥주紹興酒)라는, 술 중에서 20년을 숙성시킨 노주老酒인데, 중국에서는 최고의 술로 분류됩니다. 왕의탕 위원장이 전하의 방문을 축하는 의미로 가지고 오셨답니다. 그리고 전하에게 이 술을 개봉하는 영광을 드리고 싶다고 합니다, 전하."

윈통의 말이 끝나자 왕의탕이 웃으면서 내게 망치 하나를 주었다.

"이걸로 어떡하라는 것이오?"

"겉에 쌓여 있는 도기를 살살 두드려서 깨시면 됩니다, 전하."

윈통의 설명에 도자기를 망치로 살살 두드리니 외부에 균열이 조금씩 생기다 완전히 깨졌다.

곧 안에 있는 하얀 도자기병에 스트리트파이터의 춘리를 연상하게 하는 아름다운 중국 여성이 조각된 술병이 드러났다.

그러자 모든 참석자가 중국어로 뭐라 소리치면서 손뼉을 쳤다.

안에 있던 병을 왕의탕이 꺼내어 작은 칼을 가지고 뚜껑을 열어 내 술잔에 담아 주었고, 이내 모든 참석자의 잔에 술이 채워지자 왕의탕이 건배 제의를 했다.

"大日本和帝国的发展永无止境, 他威严的和平! 干杯!"

"干杯!"

"건빼이!

뭐라고 건배사를 하는지는 알 수 없었으나, 마지막 건배라는 말만 알아듣고 그들의 호흡에 맞춰 함께 건배했다.

대학교 1학년 때 학과 선배한테 중국요릿집에서 '빼갈'이란 이름의 술을 얻어먹은 적이 있었는데, 목이 타들어 가는 듯한 느낌이었다. 게다가 그 술을 몇 잔 먹고 만취가 된 경험이 있어 이 술도 엄청 독하면 어떡하지라는 생각으로 마시기 시작했다.

막상 목으로 넘어가는 술은 생각보다 독하지는 않았고, 목 넘기기도 생각보다 편했다. 마치 술이 목으로 넘어가다 사라지는 듯한 느낌을 주어 놀라 원통에서 되물었다.

"어? 내가 알던 중국술과는 다르게 목 넘기기도 깔끔하고, 독하지 않군."

"하하, 일반적인 독주와 다르게 술이 부드럽습니다. 이 술은 샤오싱주 중에서도 화탸오주花雕酒라고 하는 술로, 보통 뉴류주女兒酒나 여아홍이란 이름으로 부르는 술입니다. 담글 때부터 물이 아닌 샤오싱주를 원료로 다시 술을 담는 것으로, 우리 중화 민족이 자랑하는 술입니다, 전하."

내 질문에 웃으면서 원통이 대답했다. 그의 표정에서는 술에 대한 자부심까지 느껴질 정도였다.

1시간 정도 술잔에 계속해서 술이 채워지고, 음식들이 다 먹지도 않았는데 새로운 접시로 교체되었다.

1시간 정도가 지났는데, 참가자 중에서 아무도 일어날 생각이 없어 보였다.

나는 배도 엄청나게 부르고 더는 앉아서 술을 먹기는 힘들어 원통에서 말했다.

"나는 배도 부르고 하니 먼저 일어나야겠소."

"전하, 만한전석은 이제부터 시작인데 일어나시려 하십니까? 지금까지 나온 음식은 식전 음식이고, 아직 본음식은 시작도 하지 않았습니다."

이미 1시간을 넘게 각종 음식을 먹었는데 아직 본음식은 시작도 안 했다는 말에 마음속으로 혀를 내둘렀다.

"나는 이 정도 음식이면 충분하고, 내일 또 이동을 해야 하는 일정이라 피곤하니 일어나겠소."

"알겠습니다, 전하."

내가 강한 어조로 말해서인지 원통은 잠시 망설이다 대답하고는 왕의탕 위원장에게 가 뭐라 귓속말을 했다.

그러자 왕의탕 위원장도 놀란 표정으로 원통과 말을 주고받더니 내 쪽으로 왔다.

상석에 있는 나와 왕의탕이 자리에서 일어나자 연회장 중앙에서 공연을 하고 있던 악사들과 무희들이 일제히 움직임을 멈추었고 태화전에는 조용한 침묵이 찾아왔다.

"왕의탕 위원장은 조금 더 드시고 가시지 않고 벌써 일어나시냐고 여쭈었습니다, 전하."

"준비해 준 음식과 술은 충분히 즐겼으니 괘념치 말라고 전하게."

원통이 내 말을 전하고 나서 왕의탕 위원장이 무어라 말을 했고, 그의 말에 회장에 있던 몇몇 사람이 작은 웃음을 터트렸다.

중국어는 알아듣지 못했으나 억양과 그의 몸짓으로 말의 분위기는 짐작할 수 있었다.

왕의탕이 내게 마냥 좋은 이야기가 아닌 무언가 나를 조롱하는 말을 했을 것이라고 짐작됐다.

"왕의탕 위원장은 전하께서 가신다니 아주 아쉽다고 하십니다. 하지만 전하의 일정을 알고 있어 전하를 모시고 있는 게 더 결례가 될 것이니, 저희는 신경 쓰시지 말라고 말합니다, 전하."

분명 이런 내용의 말은 아니었을 것이라고 짐작되었으나, 굳이 따지지는 않았다.

"고맙소. 그럼 나는 밖에 수행원이 있으니 신경 쓰지 말고 다른 분들은 연회를 더 즐기도록 하시오."

내 말에 다른 사람들도 일어나 내게 인사했고, 그런 그들을 뒤로하고 태화전을 벗어났다.

나의 경호를 위해 궁내성에 파견 나온 네 명의 직원 중 최소 두 명은 내 근거리에서 항상 있었기에 이 연회에서도 나의 뒤에 대기하고 있다 나를 숙소로 안내했다.

태화전의 밝은 불빛과 웃음소리, 노랫소리를 뒤로하고 숙소로 걸어가는데, 궁내성의 직원 중 한 명이 내게 말을 걸어왔다.

"저……. 전하, 결례인 것은 알고 있지만 한 가지 말씀드려도 괜찮겠습니까?"

파견되고 나서 나와 인사할 때 관등성명을 댄 것을 제외하고는 말을 건 적이 없었던 사람이라 놀랐으나 궁금한 것이 있어서 묻는가 하고 대답했다.

"괜찮으니 말하게."

"제가 사실은 만주국에서 근무한 적이 있어 북경어를 어느 정도 할 수 있는데, 마지막 왕의탕 위원장의 말 중에 전하를 험담하는 내용이 있었습니다, 전하."

"그래서?"

말을 했던 왕의탕의 몸짓과 분위기로 이미 내 험담을 했다는 걸 느꼈기에 놀라지 않고 되물었다.

"'천황가의 일원이 술을 이것밖에 마시지 못해서야 사내대장부도 아니고, 계집애와 다를 게 뭐냐'라는 내용이었습니다. 전하와 천황가를 모욕하는 내용이라 감히 결례를 무릅쓰고 말씀드렸습니다, 전하."

이우 공의 기억 속에서, 그리고 나도 이미 이것보다 더한 조롱을 당해 봤다. 거기다 내가 알아듣지도 못했고.

어차피 말로밖에 못 떠드는 멍청이들이라 별다른 감정을 느끼지 못했는데, 궁내성의 직원은 마치 자신이 모욕을 당한 듯 분한 표정으로 내게 말했다.

"없는 자리에서는 나라님도 욕한다는데⋯⋯. 그래요, 그대가 알아들었으니 처분이 필요하겠지요. 이런 것은 내가 직접 하는 것보다는 그대가 보고해 천황가에서 처벌이 내려오는 것이 좋아 보이는군요."

나는 굳이 그를 처벌하고 싶은 마음도 없었고, 처벌하고 싶지도 않았다. 그래서 말을 한 궁내성 직원에게 책임을 되돌리자 그의 표정이 조금 밝아지면서 대답했다.

"그리하도록 하겠습니다, 전하."

이 일본인이 왕의탕에게 처벌을 줄 생각하는 것을 모르는 상황에서 태화전의 노랫소리는 상당한 거리가 있는 이곳까지 들려왔다.

⁂

술을 잘 입에 대지 않다 어정쩡하게 먹고 숙소로 돌아오니 누워도 잠이 오지 않았다.

"거기 누구 있느냐?"

침대에서 일어나 부르니 바로 대답이 돌아왔다.

"예, 전하 부르셨습니까?"

하야카와가 근처에 있었던 것인지 문을 열고 들어왔다.

"가서 간단하게 술과 안주 좀 가지고 오게. 식사를 많이 해 배가 부르니 안주는 간단하게 해 주게."

"금방 준비해 올리겠습니다, 전하."

하야카와는 내 건강 때문인지 잠시 망설이다 대답하고는 나갔다.

얼마 지나지 않아 전혀 간단해 보이지 않는 주안상을 시월이가 가지고 들어왔다.

"고맙네."

시월이가 가지고 온 술병의 뚜껑을 창문 틈 사이로 들어오는 달빛을 보며 열었다.

시월이가 가지고 온 술은 빼갈과 같은 종류의 독주였고, 연회장에서 마셨던 술과는 다르게 목이 타들어 가는 느낌이 들었다.

내가 술을 마시기 시작하자 밖으로 나가려던 시월이를 붙잡으며 이야기했다.

"혼자 마시기 적적하구나. 이쪽으로 와서 한잔할 테냐?"

"……제가 어찌 감히……."

이미 이야기되어 있던 일이었지만 시월이는 처음 듣는다는 듯 반응했다.

"되었다 이리 와서 한잔 받도록 해라."

그런 시월이의 말을 끊고 한 번 더 권하자 못 이기는 척 내 앞자리에 와서 어정쩡하게 서 있었다.

그런 시월이에게 술을 한 잔 건네주고 나자 살짝 열려 있던 문이 닫히는 소리가 났다.

아마도 나를 감시하고 있던 인물 중 한 명일 거라 생각했고, 별 내색 없이 시월이가 가지고 온 술을 먹기 시작했다.

시월이는 내게서 받은 잔을 들고 있었을 뿐 마시지 않았고, 나도 그런 시월이를 재촉하거나 하지는 않았다.

조용한 방 안에서 독한 술을 연거푸 들이켜자 취기가 올라왔다.

서태후가 사용했다는 침실에서 술을 마시니 서태후는 그 큰 청나라를 쥐락펴락할 때 이 침실에서 무슨 생각을 했을까 궁금해졌다.

중국 3대 악녀라고 불릴 정도로 권력욕과 사치 향락이 심했던 인물이 과연 이곳에서 무엇을 생각했을까?

사람이 권력에 대한 탐욕을 가지면 과연 어디까지 갈 수 있는 것인지, 자기 아들과 며느리, 조카를 죽음으로 몰아갔다. 그렇게 거대한 청나라를 폐망으로 이끌며 영원히 살 것처럼 권력에 대해 탐욕을 일으킨 것은 왜일까……. 그 권력이 주는 달콤함이 이다지도 엄청난 것인지 생각하다 술에 취하니 사람에 대해 회의가 생겼다.

권력, 사람, 돈, 가족, 쾌락, 독립.

술이 점점 취해 가는 것인지 머릿속이 핑핑 돌기 시작했고 어지러운 머릿속에서 한 노래가 선명하게 떠올랐다.

처음 들어 보는 곡이나 너무나도 선명히 떠올라 창문 틈의 달빛을 배경으로 노래를 크게 불렀다.

황~성 옛터에 밤이 되니 월색만 고요해~

폐~허에 서린 회포를 말하여 주노라

아~ 외로운 저~ 나그네 홀로이 잠 못 이뤄

구~슬픈 벌레 소리에 말없이 눈물져요.

취한 상태에서도 노랫말과 음은 명확히 기억나 한참을 불렀다.

시월이는 내가 취해서 부르는 노래가 익숙한 것인지 아무런 말 없이 옆에 서 있었고, 문밖에 하야카와의 인기척이 몇 번 느껴졌으나 신경 쓰지 않고 술을 마시며 노래를 불렀다.

내가 어느 정도 취하자 시월이가 조용히 주안상을 가지고 나갔고, 나는 어지러운 머리를 부여잡고 침대로 들어갔다.

᯽

아침이 되자 이곳으로 오고 처음으로 과음해서인지 숙

취에 시달려 오전의 일정을 전부 취소하고 죽으로 해장을 했다.

처음 아침 식사로 가지고 온 중국 음식들은 향채의 향이 너무 강했다.

몸은 콩나물 해장국을 먹고 싶어 했으나 한국과는 먼 이역만리에서 찾는 것은 여러 사람에게 민폐라 향신료가 아무것도 들어가지 않은 흰죽으로 해장했다.

원일정대로라면 오전에는 북경에 주둔해 있는 부대를 둘러보고 오후에 사상 정치범 수용소를 둘러봐야 했지만, 오전 일정을 전면 취소하고 오후에 사상 정치범 수용소만 조용히 시찰하고 북경을 떠날 준비를 했다.

내가 부대를 방문한다고 청소하고 고생했을 북경의 군인들에게 먼지만큼의 미안함이 생기긴 했으나, 내 몸이 힘든 게 먼저였기에 어쩔 수 없었다.

그리고 그들이 일본군과 난징국민정부군이라 먼지만큼의 미안함에서도 조금 덜어졌다.

"일정이 조금 여유로우셨으면 만한전석의 진수를 제대로 맛보셨을 텐데, 일정이 촉박해 제대로 모시지 못해 송구스럽습니다, 전하."

상무위원 원통은 기차역에서 떠나는 나를 보면서 이야기했다.

"저녁 한 끼였지만, 그 진수는 충분히 느끼고 가니 걱정하지 말게."

"그렇다면 다행입니다, 전하. 앞으로 저희 화북정무위원
회와 전하의 관계가 더욱 돈독하게 유지될 수 있도록 노력하
겠습니다, 전하."

"고생하게."

원통의 헛된 기대에 웃음으로 대답하고는 열차에 올라탔
다.

북경에서 출발한 기차는 중간중간 소도시에 멈춰 몇 시간
에서 최대 하루 정도씩 머물며 근처 주둔 중인 군부대를 시
찰하고 격려했다.

북경은 도시여서 그랬는지 중국인들의 겉모습이 조금 꾀
죄죄하긴 해도 밥을 굶고 다니는 느낌은 아니었는데, 지방으
로 들어갈수록 앙상한 뼈만 남은 거지들이 눈에 띄게 많이
보였다.

아무런 희망도 없이 길거리에서 죽기만을 기다리는 듯한
그들의 행색에 자금성에서 보았던 화북정무위원회의 모습과
만한전석이 겹쳐져 길거리의 사람들이 더욱 불쌍하게 보이
게 만들었다.

권력을 잡은 부역자들은 온갖 산해진미로 배가 터지다 못
해 먹은 것을 토해 내고 또 먹는 수준인데, 정작 그들의 국민
은 뱃가죽이 등에 붙어 언제 죽어도 이상하지 않았다.

며칠간 중간중간의 작은 소도시를 시찰하면서 내려와 허

난성河南省에 위치한 정저우鄭州시에 도착했다.

내 일정 중에서 가장 내륙이자 전방에 위치한 도시였다.

이곳에는 난징국민정부가 아직 정권을 장악하지 못한 것인지 마중을 나온 인물은 정저우에 주둔하고 있는 사단의 사단장이었다.

"지나파견군支那派遣軍, 13군 116사단 사단장 에즈카 토쿠오狄塚篤雄 중장입니다. 지나파견군 사령관이신 사와다 시게루沢田茂中将 중장을 비롯해 모든 지나파견군 장병을 대표해 전하의 116사단 방문을 환영합니다, 전하."

"고생이 많습니다."

이곳에서도 이전의 시찰과 마찬가지로 진행이 되었다.

첫날에는 사단 사령부에서 사와다 시게루 중장과 함께 상황 보고를 받았다.

"이곳은 허난성의 성도인 정저우로, 116사단이 작전지역으로 삼고 있습니다. 사단은 3개의 보병 연대와 야포, 공병, 보급 연대를 각각 한 개 부대씩 보유하고 있습니다. 또한 한 개의 통신 사단 그리고 후방 지원을 하는 위생 사단과 세 개의 병원이 있습니다. 그중에 특히 이곳에 배치된 120연대는 현재 작전상 가장 중요한 역할을 하고 있습니다."

보고를 하는 중좌는 지도에서 정저우에서 후베이성湖北省 우한武汉시까지 가는 철도 노선을 가리키며 말했다.

"지금 이 지역은 중화민국의 장제스 군대가 점령하고 있

어, 후베이성 우한시까지 연결해 후난성 창사시, 나아가 광
둥성 광저우시까지 연결되는 철로 확보를 위해서는 꼭 점령
해야 하는 지역입니다. 116사단 앞에는 103사단이 배치되어
있으며 120연대를 제외한 다른 116사단의 부대는 103사단의
지원을 맡고 있습니다."

결국 이 사단은 후방 지원 사단이란 말이었다.

위치는 최전방에 있으나 전투부대원보다는 병원 관련자와
위생병이 훨씬 많은 숫자를 차지했다.

이 좁은 지역에 두 개의 사단이 있는 걸 보면, 지금 일본군
에서 이 지역을 얼마나 중요하게 생각하는지 알 수 있었다.

아무래도 일본 육군은 전쟁을 수행하면서 물자를 운반하
는 주요 루트가 열차이다 보니 광저우로 가는 기찻길 확보가
최우선이었다.

지금은 만주에서 오는 열차가 난징을 거쳐 광저우로 가는
길을 확보하기는 했지만, 바닷가로 둘러가는 것보다는 북경
에서 내가 타고 온 길을 따라 정저우까지 오고 이곳에서 우
한시, 창사시, 광저우로 이어지는 철길을 확보하면 군수품
수송이 지금보다 훨씬 수월해지고 빨라질 것이다.

보고하는 중좌도 그 부분에 대해서 중점을 두고 설명했다.

1시간 정도 이어진 중좌의 보고가 끝이 나고, 정저우시 시
내에 있는 호텔로 돌아왔다.

2장

최전방으로 갔을 때에는 병사들이 사용하는 것과 같은 천막에서 잠을 자는 경우도 있었으나, 정저우시는 허난성의 성도고 예로부터 평야가 넓고 쌀이 많이 나 부유한 지역이라 번듯한 호텔도 여러 개 있었기에 호텔에서 생활했다.

가지고 온 책을 읽고 있을 때 시월이가 다과를 가지고 방으로 들어왔다.

"다른 사람이라도 한 명 더 데리고 오는 것인데, 네가 고생이 많구나."

"아닙니다, 전하. 앞으로의 일을 생각하면 저 하나로 족합니다, 전하."

쉬지도 못하고 다과를 가지고 들어온 시월이가 안쓰러워

말하니, 시월이는 웃는 얼굴로 내게 대답하고는 자신의 품속에서 작은 편지 하날 꺼내어 내게 줬다.

그녀에게 편지를 받아 펼쳐 드니 나보다 먼저 정저우시에 도착해 있는 제국익문사 요원의 편지였다.

예정대로 접촉 후 준비 완료. 예정대로 진행하겠습니다.

마지막에 찍혀 있는 호이초 문양이 제국익문사에서 왔음을 알려 주었다.

내가 편지를 읽고 나자 시월이가 입고 있던 한복을 벗어 옆으로 내려놓고 속곳만 걸치고 있었다.

"험험, 설명 들은 대로 설치하도록 하여라."

속곳만 입고 있는 시월이에게서 시선을 떼며 이야기했다.

"그리하겠습니다, 전하."

시월이는 자신이 벗어 놓은 한복 안쪽에 붙여 놓은 검은색 물건들을 꺼내어 내 방 곳곳에 부착하기 시작했다.

설치를 다 마치고 나서 벗어 두었던 옷을 다시 챙겨 입고, 적당히 집어 먹은 다과상을 가지고 밖으로 나갔다.

내가 묵고 있는 숙소는 총 5층 호텔의 3층이었다. 늦은 새벽이 되자 창문 밖에서 '똑똑' 하는 소리가 들렸다.

아주 작은 소리였으나, 조용한 방에서는 명확하게 들을 수 있었다.

창문가로 가서 창문을 열자 두 명의 사람이 줄에 매달려 있었다.

내가 열어 준 문으로 들어온 두 사람은 자신들의 몸에 묶여 있던 줄을 풀었다.

"전하, 만나 뵙게 되어 영광입니다. 저는 최지헌 통신원입니다."

과거 제국익문사에서 생존한 인물 중에서는 통신원은 한 명도 없었다.

최소 상임통신원급이라 그가 이번에 중경에서 새로 선발한 인물이란 것을 단번에 알 수 있었다.

"만나 뵙게 되어 영광입니다. 의열단의 이충입니다. 단장님께 이야기 많이 들었습니다."

두 사람은 조용한 목소리로 내게 인사해 왔다.

"반갑군, 일단 이쪽으로 오시게."

두 사람을 방 안에 있는 욕실로 들여보내고 나서 창문을 닫고, 문밖을 향해서 외쳤다.

"거기 누구 없느냐?"

"예, 전하."

내 목소리에 대답한 것은 궁내성에서 파견 나온 직원이었다.

"가서 술과 주안상을 가져오도록 해라."

"금방 준비해 올리겠습니다, 전하."

직원이 나가고 얼마 지나지 않아 시월이가 술과 안주를 가지고 방으로 들어왔다.

　"시월이구나. 그래, 너도 이쪽으로 와서 같이 한잔하자꾸나."

　이미 이번 시찰 중에 밤늦게 시월이와 술을 마셨기 때문에 밖에 나를 지키고 있는 인물들도 이상하게 생각하지 않을 것이었다.

　시월이가 일부러 다 닫지 않고 들어온 문틈으로 하야카와의 모습이 잠깐 보이는 것 같더니 문이 닫혀 버렸다.

　그러자 시월이가 조용히 문틈으로 다가가서 문에 귀를 대고 가만히 있었다.

　이전에도 나와 시월이가 함께 술을 마실 때는 하야카와가 주변의 호위를 물렸다.

　물론 하야카와는 시월이와 내가 정사를 나눈다고 생각하지는 않았고, 내가 술에 취해 황성 옛터 같은 금지곡을 크게 부르거나 일본 제국을 욕하는 일이 많아 듣는 사람이 많으면 안 좋다고 생각해 주변을 물리는 것이었다.

　이번에도 하야카와에 의해 주변이 물려지는지 확인하는 것이었다.

　주변에 사람들이 물러갔음을 확인한 시월이가 고개를 끄덕여 내게 신호를 주자, 나는 호텔방에 놓여 있는 전축으로 가서 가지고 온 조선말 노래 LP를 틀었다.

그러자 방 안을 전축에서 나오는 노랫소리가 가득 채웠다.

시월이가 문을 살짝 열어 주위를 둘러보고는 내게 고개를 끄덕여 다시 한 번 신호를 줬다.

시월이가 문을 닫고 나서 욕실로 다가가 문을 열어 주었다.

"준비는 되었네. 시작하지."

욕실에서 나온 두 사람에게 이야기했다.

앞으로 최소 1시간 이상은 아무도 이곳으로 접근하지 않을 것이었다.

"지금 입고 계신 옷과 모든 장신구를 벗어 주시고, 이 옷으로 갈아입으시면 됩니다, 전하."

의열단 단원 이충은 준비되었단 내 말에 문 앞에 의자를 조용히 옮겨 열리지 않도록 만들고는 방 안 곳곳에 시월이가 설치해 놓은 물건들을 확인하기 시작했다.

한편 최지헌 통신원은 나와 시월이에게 옷 꾸러미를 넘겨 주었다.

평범한 중국인 노동자들이 입는 무명으로 된 평상복이었다.

이충은 폭발물의 확인이 끝나자 창문으로 가서 위에 무언가 신호를 했고 곧바로 줄에 매달린 사람 두 명이 내려졌다.

정확히는 살아 있는 사람이 아니고, 남녀의 시체 두 구였다.

시월이는 욕실로 들어가서 옷을 갈아입고 나왔고, 나는 그냥 방에서 속옷까지 전부 다 갈아입었다.

"이 반지까지 남겨야 하나?"

처음에 모든 것을 남기고 가기로 마음먹긴 했었지만, 찬주와 나눠 가진 혼약 반지까지 이곳에 남기고 가기는 썩 내키지 않아 최지헌에게 물었다.

하지만 대답은 다른 쪽에서 들려왔다.

"어차피 시체 위에도 폭탄을 설치할 것이라 그 정도는 가지고 가셔도 상관없습니다. 손 부위를 완전히 폭파할 예정이라 폭발에 휩쓸려 확인이 불가능할 것입니다. 시체가 온전하지 못해 옷가지 정도로 겨우 신병을 확인할 것입니다"

이충의 대답에 반지는 벗지 않고 손에 남겨 두었다.

두 사람은 내가 벗은 옷과 시월이가 갈아입고 나온 옷을 받아 시체에 입히기 시작했다.

그들을 도와서 시체를 받치려고 다가가니 시체는 아직 온기가 남아 있는 상태였다.

사후강직이 이제 막 일어나기 시작한 것인지 옷을 입히기 위해 관절을 접으면 이끄는 대로 접혔다.

시체에 옷과 장신구를 다 착용시키고 나서 최지헌이 가지고 온 가방에 내가 가지고 온 작은 서류 가방에 들어 있던 물건들을 옮겨 담았다. 이어 그가 가지고 온 책 몇 권을 그 속에 넣었다.

그 가방을 이충에게 넘겨주자 그는 폭발물 바로 옆에 놓아 터질 수 있도록 했다.

이충이 내 대역인 남자 시체는 침대 위에 놓고, 시월이의 대역인 여자 시체는 입구 근처의 벽에 앉혀 놓았다.

그 후 이충이 시체에 설치된 폭약을 확인할 때, 나와 최지헌은 창문으로 다가가 위에서 내려진 줄을 내 겨드랑이 부분 양쪽으로 해서 묶었다.

최지헌이 줄을 두 번 흔들자 줄이 위로 끌어 올려지기 시작했다.

창문 사이로 마지막으로 본 방 안의 모습은 이충이 남자 시체의 손을 가슴 쪽으로 당겨 함께 터질 수 있게 준비하는 것이었다.

옥상으로 올라가자 뜻밖의 인물이 나를 기다리고 있었다.

"지옥에 오신 것을 환영하오, 이우 동지."

줄이 이끌려 온 나의 손을 잡으면서 약산 김원봉이 내게 인사했다.

"약산이 직접 오실 줄은 몰랐네요."

"경성에 비하면 여기는 내 집 안마당인데 안 올 수가 있나. 거기다 이 동지가 목숨을 걸고 하는 일인데, 내 목숨도 같이 걸어야 하지 않겠소?"

약산은 내 말에 웃으며 말했다.

약산의 뒤로는 네 명의 사람이 더 있었는데, 그중에 한 명은 내가 아는 사람이었다.

제국익문사의 사기 직함을 가지고 경성에서 나를 한번 만나 적이 있는 인물로 독리의 밑에서 실무를 보는 사람 중 한 명이었는데, 놀란 눈으로 그를 잠시 바라봤다.

그러자 그가 내게 다가와서 인사했다.

그는 말없이 고개를 숙이는 것으로 인사했다.

그는 광무제가 죽었을 때 황제를 지키지 못했다는 죄책감에 자결하기 위해 목을 찌르려 했었다.

바로 옆에 있던 독리가 몸싸움하며 말렸다. 다행히 칼이 대동맥을 기적적으로 비켜 나가 깊이 들어가지는 않았다.

물론 그 정도로도 생명이 위험해 독리가 빠르게 병원으로 옮겨 목숨은 구했으나 성대를 잃어 말은 하지 못했다.

하지만 그가 나와 대한제국에 보여 주는 마음은 나를 숙연하게 만들 정도로 깊었다.

기적적으로 살아난 이후 그는 자결을 시도해 더럽혀진 자신의 이름을 버리고 무명無名으로 불리길 원했고, 모든 제국익문사 요원들이 그를 무명이라고 불렀다.

무명과 인사하는 사이 시월이가 다음 순서로 올라왔다.

"제국익문사에 이렇게 아름다운 동지도 있었구려. 용감한 여성 동지라면 우리 광복군에도 많이 있지만 이렇게 아름다운 동지는 잘 없는데, 덕분에 오늘 내 눈이 호강하는군, 동지."

시월이는 김원봉이 걸어오는 농담에 웃음으로 대답하고는 내 옆으로 와서 섰다.

잠시 뒤에 마지막으로 두 사람이 올라왔다.

올라온 두 사람 중 이충이 말했다.

"20분이면 터집니다."

미리 시찰 기간 동안 나와 시월이가 술상을 가지고 들어가면 몇 시간씩 앉아 있는 상황을 연출해서 20분 정도는 아무도 들어오지 않을 것을 확신했다.

창문 사이로 나오는 전축의 노랫소리가 옥상까지 들렸다.

"얼른 이동하지. 이 동지, 이쪽으로 갑시다."

김원봉의 말에 그를 따라 옥상 한쪽으로 가니 건물과 건물 사이 골목 틈에 놓여 있는 줄사다리가 나왔다.

그 사다리를 타고 내려가자 마지막으로 내려온 사람이 줄 양쪽에 있는 다른 줄을 잡아당겼다.

그러자 옥상에 연결되어 있던 줄사다리가 풀어져 바닥으로 내려왔다.

내가 신기하게 보는 시선을 느꼈는지 그 요원이 웃으며 대답했다.

"반 리본으로 해서 묶어 놨다 이 줄을 당기면 풀어지는 것입니다. 사다리가 남아 있으면 의심이 살 것이니 치우기 위해 며칠을 고민해 나온 답입니다, 전하."

"대단하군요."

의열단 단원의 대답에 내심 놀라서 말했다.

두 사람이 줄을 정리하고 나자 김원봉이 먼저 발걸음을 옮기기 시작했고, 새벽을 타 건물 사이사이로 빠져나갔다.

시내를 순찰하는 군인의 발소리에 주의를 하면서 급히 발걸음을 옮겼다.

건물이 사라지고 나무가 보이기 시작할 때 시내 한가운데 위치한 호텔에서 폭발음이 크게 들렸고, 곧바로 사이렌 소리가 들리기 시작했다.

"뛰셔야 합니다, 전하."

최지헌의 말에 나와 시월이를 포함해 모든 일행이 뛰기 시작해 어느 순간 산을 올랐다.

만월의 밝은 빛 덕분에 조명이 없이도 산을 오르는 것은 어렵지 않았다.

산 중턱쯤 도착했을 때 내 상태가 안 되겠다고 생각한 것인지 김원봉이 먼저 말을 꺼냈다.

"잠시 쉬었다 가지. 이 동지도 이쪽으로 앉으시오."

"헉……헉……. 네."

표현은 하지 않았지만 이미 숨이 꼴딱꼴딱 넘어가고 있는 상황이었다.

병을 핑계로 운동을 하지 않은 기간이 길어서인지 시월이보다도 더 힘들어하고 있는 느낌이었다.

김원봉이 건네준 물통에서 물 한 모금을 입에 머금어 갈증을 해소하면서 정저우 시내를 바라봤다.

이미 상당히 먼 거리를 이동해 불빛으로만 보였지만, 호텔의 화염과 그 주위를 둘러싼 붉은 사이렌 불빛은 확연하게 눈에 띄었다.

그리고 그 주위에 빛이 일렁이는 것이, 많은 사람이 주위를 오가면서 호텔의 불을 끄기 위해 노력하고 있는 것 같았다.

"쉽게 꺼지지 않을 것입니다. 전하의 방과 시월 양의 방 그리고 위층의 빈방에 기름을 뿌려 놓아, 폭발이 일어나기 시작하면 불길은 다 타 버릴 때까지 잡을 수 없게 해 놓았습니다, 전하."

내가 불을 가만히 보고 있자 최지헌이 내 쪽으로 와서 말했다.

"평소 독리가 민간의 피해는 없도록 하라고 강조한 걸로 아는데, 이번은 나 때문에 그 원칙이 깨졌군요."

독리가 제국익문사 요원들에게 입버릇처럼 한 이야기가 일본군과 민족 반역자를 제외한 인명 피해는 절대 나와서 안 된다는 거였다.

독리는 무장투쟁과 테러를 가르는 분기점이 그것이라고 생각했던 것이다.

하지만 오늘은 내가 탈출하면서 군의 시선을 호텔로 모으기 위해 불을 질렀으니, 민간의 피해도 날 것이 분명해 보였다.

"일단 전하가 계신 층에는 일반인이 없고, 그 위층에도 민간인이라고 할 만한 인물은 없었습니다. 일본의 군과 관계가 있거나, 중국의 매국노가 있었습니다. 그러니 그런 걱정은 안 하셔도 됩니다, 전하."

저 정도 화재가 일어나면 투숙객뿐 아니라 직원과 주변에 사는 사람도 피해를 보기는 마찬가지였지만, 어쩔 수 없었다는 마음으로 더는 최지헌에게 말하지 않았다.

"이 동지, 다시 발걸음을 옮깁시다. 앞으로 이틀은 걸어가야 하니, 한 걸음이라도 빨리 걸어가는 게 좋소."

내가 대화를 하면서 숨이 어느 정도 골라졌다고 생각한 김원봉의 말에 일행은 바로 발걸음을 옮기기 시작했다.

1시간 정도를 더 걸어 산 능선의 바로 아래 도착하자, 비탈길로 능선을 따라 이동했다.

몇 발자국만 더 올라가 능선을 따라 이동하면 편할 텐데 그 아래로 걸어가는 게 이상해 물어보려고 할 때, 최지헌이 먼저 내게 말했다.

"전하, 저쪽 능선에 도착하면 능선을 넘어갈 것입니다. 이쪽 능선에서 능선을 타고 이동하면 오늘 달빛이 밝아 멀리서도 식별할 수 있어서 능선 아래에서 이동하니, 힘드시더라도 저쪽에 도착할 때까지만 참아 주십시오, 전하."

"헉…… 스읍 후~. 알겠어요."

계속해서 비탈진 길을 걸어가다 보니 발목이 아파 왔으나 기껏 탈출했는데 나 때문에 뒤처지거나 늦어져 일본군에게 발각될 수 없었기에 이를 악물고 참으며 걸음을 옮겼다.

끝나지 않을 것 같던 비탈길이 끝나고, 능선을 넘어 다시 산을 따라 길을 가기 시작했다.

평지를 걸어가면 조금 덜 힘들겠으나 군인의 시선을 피해서 걷는 길은 이런 산길일 수밖에 없었다.

10시간을 넘게 걸어 첫날의 숙영지로 예정한 동굴에 다다르자, 발바닥에는 수십 개의 물집이 잡혔고 다리는 후들거렸다.

"전하, 이 모포를 덮고 쉬시지요. 아직 해는 떠 있으나 산속이라 금방 추워질 것입니다."

내가 너무 힘들어 다른 사람을 신경 쓰지 못했는데 최지헌이 모포 하나를 가져와 내게 주면서 말했다.

그제야 주위를 둘러보니 동굴 안에는 미리 가져다 놓은 듯한 모포와 물 그리고 작은 주먹밥 몇 개가 담긴 상자가 구석에 놓여 있었다.

최지헌이 가져다준 모포를 옆에 두고 내 근처에 앉아 있는 시월이에게 다가갔다.

다른 사람들이야 어떻게 보면 전부 군인이지만, 시월이는 훈련을 받은 군인으로 보기 힘들었다.

"괜찮으냐?"

"네, 전하."

겨우 6개월 정도 운동을 하지 않는 나도 이렇게 힘이 들고 발바닥이 엉망인데, 시월이는 훨씬 더할 것이었다.

그녀에게 다가가 신발을 벗기려고 하니 놀라서 발을 뒤로 뺐다.

"전하……."

"괜찮으니 가만히 있거라."

뒤로 빼는 시월이의 신발을 붙잡아 벗기고 양말까지 벗기자 내 예상대로 물집이 생겼다 터져 엉망이 된 발이 나타났다.

최지헌이 동굴에 미리 준비해 놓았던 물을 가져다줘 그것으로 대충 닦아 내고, 내 가방에서 혹시 몰라 경성에서부터 비밀리에 준비한 소독제와 소독된 붕대를 꺼내었다.

"소인이 하겠습니다, 전하."

"내가 할 테니 가만히 있어."

시월이는 내가 자신의 발을 만지는 게 불편한지 말을 했으나 간단히 제압하고 발을 소독했다.

상처 부위를 소독하고 붕대를 휘감은 후 최지헌이 준비한 깨끗한 양말을 그녀 옆에 놓아주었다.

"쉬어라."

종일 걸어서 피곤한 시월이를 쉬게 하고 그녀와 같이 엉망이 된 내 발을 소독하기 위해 소독약과 붕대를 가지고 자리를 옮겼다.

계속해서 걸을 때는 처음에는 발이 아프다 점점 그 고통이 무뎌져 걸으면서 느끼지 못했는데, 시월이의 발을 소독하기 위해 한참 앉아 있다 일어나니 발바닥의 고통이 다시 처음같이 느껴졌다.

시월이에게 티를 내면 미안해할 것 같아 최대한 자연스럽게 발걸음을 옮겼다.

동굴에서 눈에 잘 보이지 않는 한쪽의 구석으로 가서 앉고는 신발을 조심스럽게 벗었다.

시월이 앞에서는 강한 척했으나 신발을 벗은 발은 시월이 것보다 더 심각했다.

물집뿐 아니라 물집이 터진 부분이 양말과 함께 말라붙어 양말도 잘 벗겨지지 않았다.

양말을 뒤집은 상태에서 발바닥 부분만 살살 뜯어내고 있을 때 약산이 내 쪽으로 다가왔다.

"이 동지, 괜찮으시오?"

"뭐…… 나쁘지는 않네요. 탈출을 모색하기 위해 병을 꾸며서 운동을 못 했더니 몸이 따라가기 힘드네요."

"이건 한 번에 떼는 게 나을 것 같으니 내가 해 주겠소. 아참, 근데 그 어제 호텔에서 있었던!"

약산의 말에 내가 잠시 망설이는 사이 약산이 내 뒤집어진 양말을 잡고는 뜯어내기 위해서 자리를 잡았다.

그는 내게 무언가 말을 걸어오다 순식간에 양말을 잡아당겼고, 그의 질문에 잠시 마음을 놓았다가 머릿속이 번쩍하는 느낌이 들면서 발에서 통증이 느껴졌다.

다행히 있는 힘껏 입술을 깨물어서 비명을 참아서 끙끙거리는 소리가 조그맣게 났을 뿐 큰 소리는 나지 않았다.

"하하, 원래 고통은 두려움이 무서운 것이라 막상 닥치면 생각보다 덜 아픈 것이 많은 법이라오, 이 동지. 근데 내일도 오늘 걸은 만큼은 걸어야지 준비된 차가 있는 곳까지 도착할 텐데, 이 발로 걸어가실 수 있겠소?"

웃으면서 이야기하는 그에게 의연하게 보이기 위해 발의 고통이 생각보다 아프지 않았다는 걸 항변하려다 포기했다.

"걸어야지요. 이 정도는 아무것도 아니니 신경 쓰지 마세요."

내 발은 물집이 터지기만 했던 시월이보다 심각해서 말라버린 양말을 뜯어내며 생긴 상처에서 피까지 나왔다.

약산은 인상을 찌푸린 상태에서 내가 가지고 있던 소독약을 펴 발랐다.

처음 소독약이 닿을 때는 따끔거려 순간 발을 뺐으나 다시 꼼꼼히 바르고 붕대까지 감았다.

"여기서 오늘 걸은 속도로 1시간 정도 더 걸어가면 일본군의 최전방 부대가 보일 것이고, 거기서 8시간 정도 더 걸어가면 중화민국군의 영역으로 들어갈 것이오. 해가 질 때까지

기다렸다 해가 지고 나면 다시 출발할 것입니다. 긴 시간은
아니나 푹 쉬시오, 이 동지."

"고마워요."

장시간의 고된 행군으로 다리가 후들거리기도 하고, 걸을
때는 못 느꼈던 발바닥의 통증이 소독 이후 더 강렬하게 느
껴졌다.

신발을 신지 않고 동굴의 벽에 기대어 주위를 둘러보니,
동굴로 들어오는 입구에 최지헌 통신원이 주위에서 모은 풀
을 뒤집어쓰고 주변을 살피고 있었다.

김원봉을 비롯한 의열단 사람들은 동굴 안쪽에 앉아 동굴
벽에 등을 기대어 쉬고 있었고, 시월이와 무명은 내 발의 치
료가 끝나자 얼마 지나지 않아 내 근처로 다가와 양옆에서
나를 호위하듯 앉아서 쉬었다.

두 사람은 내가 발을 치료하는 것을 알고 있었지만 약산이
치료하고 있어 일부러 피해 있다 온 것으로 느껴졌다.

짧은 시간이지만 최대한 체력을 회복하기 위해 눈을 감고
벽에 머리를 기대고 주머니 속으로 손을 넣어 주머니에 들어
있는 총알의 감촉을 느꼈다.

총알의 감촉과 함께 지난 2월 설날 다음 날에 아버지 의친
왕 이강과 했던 대화가 떠올랐다.

설날 다음 날 오후, 의친왕의 호출로 사동궁의 후원 끝에

위치한 사격장으로 갔다.

소음을 줄이기 위해 사동궁과의 사이에 나무숲을 두어 상대적으로 사동궁에서 외진 지역에 위치해 있는 사격장이었다.

숲을 걸어 사격장으로 쓰는 전각이 눈에 들어오자 코끝에 메케한 화약 향이 느껴졌다.

전각 주위에 퍼진 화약 향과 총알구멍이 많이 남아 있는, 사선 끝의 목각 인형이 내가 도착하기 전 이미 상당량의 탄을 사격했다는 걸 알게 했다.

"왔느냐?"

"네, 아버지."

내가 들어온 것을 보고 나서 의친왕은 자신이 쏘고 있던 일본 제국 육군의 제식 소총인 99식 소총을 내려놓고, 한쪽에 놓여 있던 독일 제국제 마우저Mauser M71 소총을 들었다.

1900년대 이전부터 사용된 소총으로, 조금 전 쏜 99식 소총에 비하면 성능이 떨어지는 구식 소총이었다.

의친왕은 그 총을 목각 인형을 향해 열 발을 쐈다.

"너도 쏘거라."

의친왕은 자신이 쏘고 있던 소총의 손잡이를 내 방향으로 주면서 이야기했다.

의친왕이 건넨 소총을 받아 들어 어깨에 견착시켰다.

볼트액션식의 소총은 일본군으로 있으면서 이미 사용해 본 적이 있어 어렵지 않게 쏠 수 있었다.

탕.

총알이 내가 조준한 목표에서 크게 어긋나지 않고, 목각 인형을 맞혔다.

옆에 서 있던 의친왕은 내가 쏘는 것을 보고 총알 한 발을 더 건넸다.

의친왕이 건네준 총알로 재장전을 하고 다시 한 발을 쐈다.

탕.

의친왕은 말없이 계속해서 총알을 넘겨주었고, 나는 말없이 의친왕이 넘겨주는 총알을 쐈다.

나 역시 의친왕과 똑같이 열 발을 쏘고 나자, 한 발의 총알을 더 넘겨주면서 의친왕이 이야기했다.

"이 총알이 무엇인지 아느냐?"

나는 의친왕의 말에 그가 건넨 총알을 유심히 바라봤다.

하지만 그 총알에서 별다른 것을 찾지 못하고, 다시 의친왕을 바라보며 말했다.

"잘 모르겠습니다."

"그 총알의 탄피 아래를 보거라."

의친왕의 말에 탄피 아래 둥근 부분을 보니 독일제 소총 탄알에 어울리지 않게 기기국機器局이란 한자가 쓰여 있었다.

조선의 군기감이 대한제국으로 넘어오면서 통폐합된 무기 제작소인 기기국의 이름이었다.

"무엇인지 알겠느냐?"

"광무제께서 만드신 기기국이 아닙니까?"

대한제국 군대의 총을 직접 만들었다는 이야기는 들어 본 기억이 없어 놀라 되물었다.

"그렇다. 이 총은 독일 제국에서 만든 것이지만, 그 총알은 대한제국 시절 기기국에서 만들어진 것이다. 부국강병을 원하셨던 내 아버지의 유품이지."

"아직 남아 있었습니까?"

대한제국이 없어지고 30년이 지난 지금도 이 총알이 남아 있다는 게 신기해 되물었다.

"많지는 않지만 내가 보관하고 있었지. 지금 너와 내가 나눠서 쏜 스무 발의 총알은 앞으로 전쟁터로 떠날 너를 위한 예포였다. 대한제국에서 만들어진 총알로 쏘아진 예포다. 내가 대동단과 함께 상해로 망명을 시도하기 전에도 큰형님, 융희제께서 나를 위해 친히 이 총알로 스물한 발의 예포를 쏴 주셨다. 큰형님의 유지를 이어받은 너에게도 스물한 발을 쏴 주어야 하나, 지금은 스무 발만 쐈다. 이 마지막 총알은 네가 가지고 있다가 승리한 이후에 나와 함께 쏘자. 이 총알을 가지고 가거라. 내가 주는 마지막 선물이다."

의친왕 이강이 왜 내게 스물한 발이 아닌 스무 발의 예포를 쏘고 한 발을 남겨 놓았는지 한참 고민했었다.

　아마도 그는 융희제가 쏜 스물한 발의 예포를 자신이 받고 상해로 가는 중 안동에서 잡힌 것이, 스물한 발의 예포를 다 쏴서라고 생각한 것 같았다.

　아직 결과가 나오지도 않았는데 스물한 발을 다 쏴 마치 미리 터트린 샴페인같이 느낀 것 같았다.

　주머니 속의 총알이 가진 무게는 몇 그램 되지 않았지만, 그 속에 담고 있는 염원은 나 혼자 감당하기 힘들 정도로 무거웠다.

3장

주머니 속의 총알의 감촉을 느끼다 잠이 들었는지 최지헌의 목소리에 잠에서 깨어났다.

"전하, 이제 출발할 준비를 하셔야 합니다."

"내가 잠들었었나 보군, 알겠네."

잠에서 깨 주위를 둘러보니 이미 사위는 어둠에 잠겨 있었다.

의열단 단원 이충이 들고 있는 작은 기름등의 불빛만이 동굴을 비추고 있었다.

다른 사람들도 먼 길을 갈 채비를 하고 있었고, 나도 옆에 놓여 있던 깨끗한 양말을 붕대 위에 덧신고 신발을 신는 것으로 출발 준비를 마쳤다.

다시 양말과 신발을 신자 발에서 통증이 조금 느껴졌으나 그래도 통증은 쉬기 전보다 나아져 있었다.

최지헌이 작은 나무통에 들어 있는 주먹밥을 나눠 주어 그것으로 출발하기 전 배를 채웠다.

전부 준비를 마치자 이충은 자신이 들고 있던 기름등의 불을 껐다.

불이 꺼진 동굴 안은 암흑에 휩싸였고, 동굴 입구에 보이는 달빛에 의지해 밖으로 나갔다.

쉬기 전에 발의 통증이 적응되어 느껴지지 않았었는데, 쉬고 다시 걷자 통증으로 쩔뚝이며 걸을 수밖에 없었다.

"괜찮으십니까, 전하?"

내가 쩔뚝이며 걷자 뒤에서 따라오던 최지헌이 물어 왔다.

"나 때문에 느려져 미안하군."

"아닙니다, 전하. 천천히 가도 괜찮습니다."

안전한 지역까지 가려면 아직 멀어 천천히 가서는 위험하다는 것을 그도 나도 알았지만, 그는 나를 위로했다.

일행 중에서 나와 시월이만 다리를 절면서 걸었는데, 시월이보다 내가 더 심했다.

뒤따라오는 시월이가 힘들어하는 것을 보니 마음이 좋지 않았다.

이곳으로 오면서 처음에 시월이는 경성에 있도록 하고 싶었으나 이때까지 내가 가는 곳에 시월이가 안 간 적이 한 번도 없어 선택의 여지가 없었다.

우리 두 사람 때문에 일행의 속도는 어제보다 조금 느려졌다.

1시간 정도를 가면 보일 것이라던 일본군의 주둔지 불빛은 우리가 1시간 30분 정도를 걸었을 때야 겨우 볼 수 있었다.

"이 동지, 여기부터는 큰 소리가 나지 않게 앞사람이 밟은 곳을 따라 밟으며 가야 하오."

불빛이 보이자 선두에서 걸어가던 약산이 일행을 정지시키고 내게 말했다.

"네."

"여기부터는 교전이 일어날 수도 있소. 그러니 마음의 준비를 하시오, 동지."

약산은 내게 작은 권총 하나와 칼 한 자루를 넘겨주면서 이야기했다.

권총은 일본제가 아닌 미국제 콜트 권총이었다. 권총의 탄창을 꺼내 탄을 확인한 다음 한 발 장전해 조정간을 안전에 넣었다.

일본군 장교일 때 다른 장교들이 사용하는 콜트 권총의 복제품인 스기우라식 자동 권총(杉浦式自動拳銃)을 사용해 봐 사용에 무리가 없었다.

오히려 복제품에는 없는 조정간이 있어 품속에 넣어도 오발 사고가 일어날 위험이 없어 더 좋았다.

"권총은 사용해 봤습니다. 주셔도 됩니다."

다른 사람들도 가지고 온 권총과 칼을 나누고 있었는데, 최지헌이 자신이 가지고 있던 총과 칼을 무명에게 넘겨주고 시월이에게서 망설이자 시월이가 말했다.

그러자 최지헌도 바로 권총과 칼을 그녀에게 넘겨주었다.

그녀도 총을 장전하고 안전장치를 걸어 자신의 품속에 넣고, 칼을 한 손에 꽉 쥐었다.

"절대 총은 먼저 쏘지 말고, 적이 나타나면 칼을 먼저 사용하십시오. 총은 최후의 수단입니다. 충아, 가자."

약산은 모든 사람이 준비가 되자 이충에게 말했고, 이충이 선두에 서서 조심스럽게 걸어가기 시작했다.

다들 한 손에 칼을 쥐고 어둠 속에서 조심히 움직였다.

이곳까지 걸어올 때보다 더 느려진 속도로 천천히 걸어갔다.

혹시나 있을지도 모르는 일본군 순찰조를 경계하며 걸어가니 긴장감에 몸에 피로가 두 배로 쌓이고 있었다.

일본군 주둔지를 기준으로 외곽으로 돌아서 가다 보니 일본군 주둔지가 보이는 곳을 벗어나는 데만 2시간이 넘게 걸렸다.

작은 풀벌레 소리와 풀을 밟는 소리까지 온몸의 감각을 곤두세운 채로 걸으며 군부대가 있던 분지의 산을 넘어갔다.

그제야 다들 긴장을 풀고 한적한 곳에서 잠시 앉아 쉬었다.

"일본군 경계 지역은 벗어났지만, 이 앞으로는 국민당군의 영역입니다. 혹시 만나게 되면 골치 아파지니 10시간 정도는 더 산길로 가야 합니다, 전하."

최지헌이 내 옆으로 와 조용히 말했다.

"일본군 순찰대가 이쪽까지는 오지 않는가?"

"직전의 일본군 부대도 이쪽 방향이 아닌 서쪽으로 진격 중이라 이쪽으론 오지 않을 것입니다. 국민당군도 이미 주력부대는 시안西安으로 이동했고 이곳의 부대들은 주요 길목에 자리 잡고 농성 중이라, 순찰대가 많지는 않을 것입니다, 전하."

"다행이군……."

"이제 출발하도록 합시다."

나와 최지헌의 대화가 끝나자 약산이 조용히 말했다.

그의 말을 신호로 자리에서 일어나 다시 산길을 걸었다.

목적지인 루저우汝州시에 도착한 것은 동굴에서 출발할 때 계획했던 10시간이 아닌 15시간이 다 된 시간이었다.

"이곳에 우리 단원들이 기다리고 있으니 같이 들어갑시다, 이 동지."

늦은 밤이었지만 거리에는 노점들이 즐비하게 들어서 있

었고, 그곳에서 늦은 저녁과 술을 먹는 사람들이 자리를 채우고 있었다.

약산은 그 사이를 지나쳐 한 판띠엔饭店으로 들어갔다.

도시로 들어오기 전 물가에서 외관을 정리해 내가 무명에게 기대고 있는 걸 제외하면 말끔한 복장과 얼굴이었기에 직원이 다가와서 접객했다.

"歡迎您到酒店減弱."

직원은 중국어로 우리를 접객했고, 우리 일행에서는 약산이 나서 대답했다.

잠시 무어라 대화를 나누던 약산이 이충을 바라보자 이충이 나서서 직원과 서류를 작성했다.

"이 동지, 일단 이제는 안전지역으로 넘어왔고, 이 동지의 발목이 좋지 않으니 하루 정도 쉬었다 출발합시다. 충이가 열쇠를 가지고 오면 방에 가서 쉬면 됩니다."

이곳에 도착하기 3시간 전쯤에 발목을 접질렸고, 무명과 최지헌 그리고 의열단 단원들의 부축을 돌아가면서 받으며 3시간을 왔다.

하지만 아직도 발목이 시큰거리는 게 상태가 좋지 않다는 걸 느끼게 했다.

"고마워요."

약산에게 고마움을 표하고 무명의 도움을 받아 근처 의자에 자리하고 앉았다.

시월이도 힘이 많이 들었는지 온몸에 힘이 빠져 넋이 나간 표정으로 근처 의자에 앉아 있었다.

잠시 기다리니 이충이 열쇠 뭉치를 여러 개 가지고 와서 나눠 주었다.

나와 시월이에게 하나를 주고, 최지헌과 약산에게도 하나씩 건넸다.

방은 전부 3층에 배정되어 있었는데, 3층에서는 각각 따로 배정되어 있었다.

시월이가 배정받은 방과 내 방만 붙어 있고 나머지는 다 따로 있었다.

"그럼 다들 쉬고 내일 아침에 봅시다."

약산이 3층의 중앙에서 인사한 뒤 나도 우리 전체 일행에게 고개를 살짝 숙여 인사하고는 말했다.

"먼 길 오느라 고생했습니다."

마음 같아서는 제대로 하고 싶었으나, 무명의 부축을 받아 겨우 서 있는 내가 할 수 있는 방법 중 이게 최선이었다.

함께 온 사람들도 그것만으로 충분하다는 듯 미소로 답하고 각자의 방으로 갔다.

무명이 나를 방에 데려다 주고 나가고 나서 3일 만에 제대로 씻었다.

욕실에서 씻고 나오니 언제 다녀갔는지 시월이가 가져온 듯한 깨끗한 옷이 놓여 있었다.

15시간을 넘게 걸어서 이동하고 따뜻한 물로 씻고 나니 지금 생각나는 것은 잠뿐이었다.

 그래서 옷을 갈아입자마자 침대에 누워 기절하듯 잠이 들었다.

 내가 창문으로 들어오는 햇살에 눈을 떴을 때, 종아리를 누군가 주무르고 있는 느낌이 들었다.

 "깨셨습니까, 전하?"

 내 다리를 주무르고 있던 사람은 시월이었다.

 자신도 분명 나만큼 힘이 들 것인데, 내 다리를 주무르고 있어 안쓰럽게 느껴져 자리에서 일어나며 말했다.

 "앞으로는 궁에서처럼 하지 않아도 된다. 이곳이 궁도 아니고 객지에서까지 남들에게 모셔지며 생활할 수는 없지 않느냐?"

 "전하, 전하의 명령이라면 제 목숨이라도 내놓겠지만……경성을 떠나올 때 공비마마께서는 이미 전하가 돌아오지 못하신다는 걸 알고 계셔서 제게 전하를 최선을 다해 보필하라고 간곡히 부탁하셨습니다, 전하."

 내 침대 옆에서 앉아 있던 시월이의 말에 다리를 주무르고 있는 시월이를 더는 제지하지 않았다.

 고개를 돌려 벽에 설치된 시계를 보니 이미 시침이 11시를 가리키고 있었다.

"다른 사람들도 다들 일어났느냐?"

"제국익문사의 요원들은 차량을 점검하기 위해 나갔고, 김원봉 단장과 의열단 단원들을 각자의 방에서 휴식을 취하고 있습니다. 오후 2시에 모두 모여서 난양, 스엔, 안캉을 거쳐 내일 오후쯤 중경에 도착하는 일정으로 준비하고 있다고 했습니다. 그리고 김원봉 단장이 아침을 드시고 나면 잠시 이야기를 했으면 좋겠다는 말을 전해 달라고 했습니다, 전하."

"그래, 고맙다."

"조금 전 무영 사기가 나가기 전에 전하께서 일어나시면 드실 죽을 사 가지고 왔습니다. 식사를 하시겠습니까?"

"그래. 시월아, 너는 아침을 먹었느냐?"

몸이 아팠다고는 하나 내가 잠들어 있는 사이 이미 다른 사람들은 준비를 하고 있었다.

조금 더 부지런해야 한다는 다짐을 하고, 침대에서 일어났다.

"전하가 드시고 나면 제 것도 제 방에 있으니 먹을 것입니다, 전하."

"그래? 그럼 같이 먹도록 하자꾸나. 네 것도 가서 가지고 오너라."

"소인이 어찌……. 전하가 드시고 나서 먹도록 하겠습니다, 전하."

시월이는 내 말에 곤란한 표정을 지으면 대답했다.

그냥 말해서는 가지고 오지 않을 것 같아 농담을 섞어 웃으며 말했다.

"혹시 내 것보다 더 맛있는 것을 혼자 먹으려고 하는 것이냐?"

"네! 저, 절대 아닙니다, 전하."

시월이는 내 농담에 얼굴이 하얘지면서 조금 커진 목소리로 대답했다.

"그래, 그러니 가지고 와서 같이 먹자는 것이야. 얼른 가서 가지고 오너라."

빙그레 웃으며 하는 내 말에 시월이는 한참 망설이다가 나를 말릴 수 없다고 생각한 것인지 자신의 방으로 향했다.

내 방에 음식이라고 짐작되는 대나무 통이 놓여 있는 탁자로 다가갔다.

대나무를 엮어 만든 통의 뚜껑을 여니 안에는 큰 찐만두 두 개와 고기가 들어간 죽 한 그릇이 들어 있었다.

내가 통에서 음식을 꺼내는 사이 시월이가 자신의 음식인 죽 한 그릇을 가지고 내 방으로 돌아왔다.

"거기 서서 먹을 것이냐? 이리 와서 앉아라."

시월이는 아직도 나와 겸상한다는 게 마음 내키지 않는지 죽 그릇을 가지고 내 방으로 오고도 입구에서 망설일 뿐이었다.

"내 보필을 그만하는 것 말고는 다 듣겠다고 말한 게 조금 전인데 안 들을 것이냐?"

계속 망설이는 시월이에게 한 번 더 재촉하자 마지못해 내 맞은 편에 죽 그릇을 놓고 앉았다.

시월이의 그릇을 유심히 보니 내 죽은 고기가 들어간 게 보였는데, 시월이의 죽은 그냥 흰죽인 듯했다.

아무래도 제국익문사 요원들이 자신들은 흰죽만 한 그릇 먹고, 나에게만 죽과 만두를 가지고 온 것 같았다.

제국익문사의 돈이 모자라지 않을 텐데 왜 이러는지 궁금해지기도 했다.

"아앗!"

시월이가 잠시 망설이는 사이에 내가 그녀의 죽 그릇과 내 그릇을 바꿔 버렸다.

"아침부터 고기가 들어간 것을 먹으려니 영 부대끼는구나. 나는 이 흰죽을 먹을 테니 이건 네가 먹거라."

"하오나, 전하."

"아냐, 아냐. 아, 그리고 이 만두도 둘이 하나씩 먹자꾸나. 다 안 먹으면 내 보필을 못 하게 할 것이니, 그리 알고 얼른 먹거라."

통에 들어 있던 만두 하나를 꺼내 시월이 쪽에 두고 하나는 내 쪽에 두면서 말했다.

시월이의 반응과 상관없이 빼앗아 온 시월이의 죽을 내가 먹기 시작하자, 시월이는 이러지도 저러지도 못하고 망설이다 결국 포기한 것인지 조심스럽게 죽을 먹기 시작했다.

내가 죽과 만두를 다 먹었을 때가 돼서야 시월이가 겨우 죽을 한 그릇 다 비웠지만, 그녀는 내 눈치만 보며 만두는 손을 대지 않고 있었다.

내가 그런 그녀의 표정에 아무런 대답도 없이 먹을 것을 기다리자 결국 만두도 먹기 시작했다.

그녀가 나와 밥을 먹는 게 직장 상사와 밥 먹는 것처럼 소화가 안 될지는 모르겠으나, 찬주가 시월이에게 나를 부탁한 만큼 어린 시절 찬주가 나에게 시월이를 부탁한 것도 컸기에 나는 물러서지 않고 음식을 다 먹었다.

"앞으로 맛있는 것이 우리 분량으로 생기면 너와 내가 똑같이 나눠 먹는 거다 알겠느냐?"

"……알겠습니다, 전하."

시월이는 내 엄포에 한참을 망설이다 작은 목소리로 대답했다.

"자, 다 먹었으니 약산에게 가서 알리거라."

"김원봉 단장을 데려오도록 하겠습니다, 전하."

시월이는 탁자 위에 다 먹은 그릇들을 한 번에 치워 가지고 나가며 대답했다.

시월이가 나가고 어제 다친 발목을 살펴보니 아직 정상은 아니었다.

다행히 붓거나 하지는 않았지만, 접질리며 안쪽에서 피가 난 것인지 멍이 들어 있었다.

바닥에 발을 대니 통증이 오기는 하지만 참고 걸을 만해 양말로 멍이 든 부위를 가렸다.

양말을 다 신고 얼마 지나지 않아 약산 김원봉이 내 방으로 들어왔다.

"이 동지, 잠자리는 편안하셨소?"

"내 집만큼 편안했어요. 약산도 잘 주무셨나요?"

"우리야 머리만 댈 수 있으면 거기가 내 집이니…… 편안했소. 밖으로 나갑시다."

아침 시간이 지나서인지 숙소 근처의 아침 노점들이 정리를 하고 있었다.

그런 상인들 사이를 지나 근처의 이발소로 들어갔다.

"우리는 항상 아침에는 이발소에 들르는 게 일종의 의식이라 생각하지. 언제 죽을지 모르는 삶을 살고 있으니 그날이 내 마지막 날이라 생각하고, 매일 아침 하루를 시작하면서 지금 입고 있는 이 양복을 수의로 차려입고 머리와 수염을 깔끔하게 정리한다오. 그러니 동지도 나와 함께 새로운 아침을 준비합시다."

그가 언제나 죽음을 달고 사는 것은 알고 있었지만 날마다 이렇게 경건한 마음으로 준비하는 줄은 몰랐다.

약산은 이야기할 때에 새로운 아침이란 말을 강조했다.

그를 따라 들어간 중국 시골 도시의 작은 이발소는 화려하진 않았으나, 손님을 맞을 준비는 충분히 되어 있었다.

　근처 반점과 주점의 투숙객들이 자주 들르는 것인지 좁은 가게에 의자 네 개가 놓여 있었는데, 이발사도 세 사람이나 되었다.

　우리가 자리를 잡자 그들은 의자를 눕혀 따뜻한 수건을 얼굴에 대서 마사지부터 시작했다.

　한참 마사지를 받다 약산이 이발사에게 뭐라고 말했고, 내 이발사가 따뜻한 수건을 하나 더 가져와 내 다친 발목을 감싸 주었다.

　상남자 같은 약산이 이렇게 세심하게 배려를 해 주니 내 얼굴에 미소가 그려졌다.

　얼굴에 덮인 따뜻한 수건에 남아 있던 피로가 말끔히 날아가는 기분이었다.

　이발사가 내 뒤에 서서 면도 크림을 만들기 위해 비눗물 같은 것을 휘젓는지 그 향기가 내 코끝을 찔렀다.

　수건 마사지가 끝나고 비눗물을 크림처럼 만들어서 내 얼굴에 바르기 시작했다.

　크림을 다 바르고 나니 등 뒤에서 가죽에 면도날을 가는 소리가 들렸다.

　금세 날카로운 면도칼을 든 이발사가 3일 동안 면도를 하지 못해 지저분하게 올라와 있는 수염을 정리하기 시작했다.

솜털까지 제거하는지 수염이 나지 않은 곳에도 면도칼이 지나갔다.

능숙한 손놀림으로 면도를 하고 머리카락도 깔끔하게 자르고는 마지막으로 포마드로 내 머리를 깔끔하게 넘겨주었다.

여기 들어올 때는 며칠간의 피로가 온 얼굴에서 보이는 듯했는데, 지금 거울 속에 보이는 나는 지금 당장 어디 파티에 가도 좋을 정도로 말쑥해져 있었다.

"동지, 상쾌한 기분이지 않소? 난 뭐든 할 수 있을 것 같은 기운을 가지고 있는 이 아침 시간을 가장 좋아하오. 동지는 어떻소?"

약산의 말에 주위를 둘러보니 아까까지 있던 노점상들은 다 치워지고, 거리가 한산하게 바뀌어 있었다.

노점상들이 빠져나간 자리에는 그들이 사용한 물의 습기가 바닥과 공기를 가득 채우고 있었다.

흙과 돌, 물이 만나며 만들어진 독특한 공기가 콧속으로 들어왔다.

"저 역시 아침을 좋아합니다. 새로운 시작이 되는 순간은 언제나 설레지요."

"보면 볼수록 동지와 나는 같은 점이 많은 것 같군. 돌아 갑시다."

약산과 함께 호텔로 돌아오니 약산이 사용하는 방에 모두 모여 있었다.

의열단의 요원으로 추정되는 새로운 얼굴 두 명까지 모여 총 아홉 명의 사람들이 모여 있었다.

방은 2층 침대 두 개가 놓여 있었는데, 침대 한 개가 놓인 내 방과 방의 크기는 같았으나, 네 명이 쓰는 방이었다.

안 그래도 그리 넓지 않은 방에 나와 약산까지 포함해 열한 명의 사람이 앉거나 서 있으니 방이 엄청 작게 느껴졌다.

"단장님, 이발소를 다녀오셨습니까?"

나와 약산이 방으로 들어오자 이충이 약산에게 물어 왔다.

"그래, 준비는 다 됐냐?"

"네, 차량은 이분들이 확인을 마치셨고, 바로 출발하실 수 있게 준비를 마쳤습니다."

"고생했다."

두 사람이 대화를 하고 있을 때 나는 약산의 방을 보고 나서 느껴진 게 있어 그들의 대화가 끝나기만 기다렸다.

그들의 대화가 끊어질 때 내가 말했다.

"여기 있으신 분들, 특히 여러분에게 제가 하고 싶은 말이 있습니다."

이야기하면서 마지막에 제국익문사의 요원인 최지헌과 무명, 시월이가 앉아 있는 쪽을 가리키며 말했다.

"내가 황족이라고는 하나, 지금은 대한의 독립을 위해 노력하고 있는 한 명의 사람일 뿐입니다. 앞으로는 저를 위해서 배려를 하지 않았으면 좋겠습니다. 제가 굳이 1인실의 방을 이용할 이유도 없고, 함께 그냥 방에서 잘 수 있으면 충분합니다. 먹는 것도 여러분들과 똑같은 것을 먹을 것입니다. 많으면 많은 대로 적으면 적은 대로 똑같은 것을 먹을 것이니, 절대 다르게 준비하지 마세요. 차라리 그 돈을 모아 총한 자루, 총알 한 발이라도 더 사서 조국의 독립에 도움이 되는 게 좋습니다."

내 말을 듣는 일행의 표정은 세 종류로 나뉘었다.

대부분 사람이 당황한 표정으로 나를 바라봤고, 이미 아침에 한차례 일을 겪은 시월이는 담담한 표정, 약산 김원봉은 흥미로운 표정으로 내 이야기를 들었다.

"하지만 저희와 지내시는 것은 엄청 불편하실 것입니다, 전하."

의열단 사람은 내게 바로 말하는 걸 망설였는데, 내 사람인 최지헌이 그런 의중을 읽고 자신이 먼저 내게 말했다.

"내가 황족이 아니었다면 애초에 이런 특별 대우를 할 이유도 없었겠죠. 황족이기 전에 2천만 동포와 똑같은 조국을 잃은 백성일 뿐입니다. 다른 동포들이 어렵게 생활한다면 나역시 어렵게 생활해야지요. 내가 편안한 삶을 원했다면 이역만리까지 오지 않았을 겁니다. 일본 제국에 기생해 그들이주는 먹이를 먹으면서 살면 황족은 못 되더라도 귀족으로서예우를 받으면서 살았을 테지요. 이곳까지 와서 그런 대우를 받고 싶지는 않습니다. 우리 모두 조국의 독립이라는 하나의 목표를 위해 한배를 타고 가는 사람들이지 않습니까? 그러니 앞으로 차별 없이 대해 주세요."

차별보다는 배려와 대우를 해 준다는 게 맞았으나, 내가 차별이라고까지 표현하자 그들은 더는 다른 이야기 없이 받아들였다.

"자, 그럼 출발은 점심을 먹고 바로 하면 될 거 같으니, 차별 없는 세상을 만들기 위해 다 함께 점심이나 먹으러 갑시다."

약산은 내가 말한 차별이란 단어를 말할 때 빙그레 웃었다.

다른 사람들이 먼저 나가고 내가 마지막으로 따라가자 시월이는 자연스럽게 내 뒤로 와서 걸었다.

"발은 괜찮으냐?"

절뚝거리며 걷는 내가 나보다 잘 걷고 있는 시월이에게 묻기에는 웃긴 질문이었지만 물었다.

"아직 걸으면 약간 아프긴 하나 이제 괜찮습니다, 전하."

"그래, 너도 그리 씩씩하게 해내는데 내가 더 아파서 면목이 없구나."

"아닙니다, 전하. 전하께서 일본의 감시 때문에 최근 몸을 못 다스리셔서 그렇지, 다시 금방 예전의 모습을 찾으실 겁니다, 전하."

의열단의 단원들과 제국익문사의 요원들은 서로 친하지는 않았는데, 방금 내가 했던 말과 지난 3일간 함께 걸어오면서 생긴 유대감 덕분인지 이충을 비롯해 다른 두 명의 의열단원과 최지헌이 서로 재미있게 이야기를 주고받았다.

무명도 말을 하지 못해 그들의 대화에 끼는 않았지만, 근처에서 그들의 대화를 경청하고 있었다.

음식점에서 두 개의 원탁으로 나누어서 맛있게 음식을 먹은 후 숙소로 돌아와 떠나기 위한 짐을 챙겼다.

옷가지 몇 개를 제외하고는 내가 챙겨 온 가방에 다 들어 있어서 특별히 오래 걸리지 않고 바로 숙소 입구로 내려왔다.

숙소 입구에는 다른 사람들도 모두 모여 있었는데, 빨리 챙긴다고 했지만 시월이와 내가 가장 늦게 도착했다.

"그럼 우린 저기 저 차를 타고 갈 테니, 이 동지와 시월 양은 여기 이 차를 타시오."

차는 두 대가 준비되어 있었는데, 한 대는 승용차였고 다른 한 대는 작은 경트럭이었다.

열한 명의 사람이 다 타고 가려면 승용차에 네 명이 타고 경트럭에는 일곱 명의 사람이 타야 해, 결국 짐칸에 설치된 간이 의자에도 사람이 타야 했다.

"왕족이라고 승용차를 태우는 것이 아니라 환자를 배려하는 거니 그런 표정으로 보지 말고 얼른 타시오, 이 동지."

내가 잠시 생각하면서 망설이자 약산이 말했다.

그의 말에 쓴웃음이 났다.

차별하지 말라고 했지만 내가 너무 피해 의식을 가지고 있는 건 아닐까 하는 생각이 들었다.

승용차에는 나와 시월이 그리고 제국익문사의 요원 두 명이 탔고, 경트럭에는 제국익문사 요원 두 명과 약산을 비롯한 의열단원 네 명이 함께 탔다.

그래도 중경까지 가는 길을 내가 편하게 느끼는 사람들과 함께 갈 수 있게 해 준 약산의 배려가 느껴졌다.

"이 차는 제국익문사가 가지고 있는 것인가?"

아침에 제국익문사 요원이 차를 준비했다고 들어 앞의 좌석에 앉은 최지헌에게 물었다.

"뒤의 트럭은 본사에서 구매한 것이고, 이 차량은 김원봉 단장이 소유하고 있는 차량입니다. 이 친구를 비롯해 제국익문사에 차량 기술자가 몇 명 있어서 약산이 중경으로 오고 나서는 이 차량도 본사에서 정비를 해 주고 있습니다, 전하."

"아, 이 차가 약산의 것이라고? 그럼 더 미안해지는 군……."

자신의 승용차를 두고 경트럭을 타고 오는 약산에 더 미안한 마음이 들었다.

근데 나 한 명을 데리러 오는 데 이렇게 많은 사람이 온 것이 약간 의문이 들었다.

정저우에서 탈출할 때에 이렇게 많은 사람이 있었다면 혹시 모를 일본군과의 조우 때문이라고 생각할 수도 있었지만, 이미 중화민국의 영향권 안으로 들어오고 나서도 네 명의 인원이 더 추가돼 이상하게 느껴졌다.

거기다 경트럭 뒤에는 대한제국 시절부터 사용하기 시작해 지금 중화민국군도 사용하는 소련산 모신나강 소총까지 실려 있어 내 궁금증을 증폭시켰다.

"근데 나 한 명 움직이는 데 너무 많은 사람과 과한 무장이 아닌가?"

"중경까지 가면서 있는 시 중에서 안캉시가 지금 일본군의 공격을 받고 있는 시안시의 인근에서 가장 큰 도시라 피난민들이 그쪽으로 모이고 있습니다. 그래서 곳곳에 도적으로 변한 피난민과 국민당 군인이 있어 안전을 위해 어쩔 수 없는 선택이었습니다, 전하."

나라가 전쟁에 돌입하면 피난민이 생기고 치안이 불안해지는 건 필연적으로 따라다니는 일이었다.

그런데 그 전쟁의 주체가 중화민국인데, 그 군대가 도적질을 한다는 것에 어이가 없었다.

"국민당군이 도적으로 변했다고?"

"군대의 크기가 거대하고 각 지역이 군벌을 완전히 장악하지 못해 가끔 일어나는 일입니다. 물론 국민당의 정예군은

아니고, 지방 군벌들의 군대가 종종 그런 일을 일으키고는
합니다. 그러니 도시 안에서는 괜찮지만, 산속으로 들어가거
나 관도官道를 이용하더라도 지방에서 이동할 때에는 주의해
야 합니다, 전하."

국민당 군인이라는 명패를 달고 있는 인물들이 그렇게 행
동한다면 민심을 잃기 십상일 텐데 장제스가 그것을 왜 휘어
잡지 않는지에 대해 의문이 피어났다.

"알겠네, 조심하지."

"그리고 중경에서 전보가 왔습니다, 전하."

최지헌은 노란색 작은 종이 한 장을 내게 건넸다.

유 박사 접촉 성공. 빠른 회신. 문서 중경 보관 중.

전보여서 긴 문장이 아닌 짧은 내용이 함축적으로 날아왔
다.

유일한 박사가 미국에서 무언가 성과를 냈다는 건 아마도
OSS와의 접촉을 이야기하는 것 같았다.

유일한 박사가 시급하게 회신을 요청할 만한 일로 떠오르
는 것은 OSS뿐이었다.

루저우시를 출발한 일행은 저녁은 지나가다 있는 도롯가
의 작은 음식점에서 해결했다.

국수와 돼지고기구이로 저녁을 먹고 있을 때, 약산이 내게

운현궁의
주인

말했다.

"이 동지, 승차감은 괜찮소?"

"약산의 것을 뺏어 타니 더 편안하게 가는 것 같더군요."

평소 농담을 많이 하는 약산을 따라 나도 농담으로 대답했다. 그러자 그는 한 방 먹었다는 표정으로 대답했다.

"그러게 내가 비싸게 주고 구한 차를 왕족에게 빼앗기다니, 부르주아를 몰아내야 한다는 게 이런 것을 말하는가 보오."

"하하, 과거라면 그랬을지라도 이제는 평등한 세상이니 부르주아라도 마구 탄압하시면 공산주의일 뿐이에요. 아시겠소, 동지?"

마지막에 약산의 말투를 따라서 근엄하게 말하니 같은 탁자에서 밥 먹던 일행이 전부 웃음이 터졌다.

특히 의열단원들의 웃음소리가 가장 크게 들렸다.

의열단원들과 제국익문사 그리고 약산과 나는 지난 며칠을 함께 겪어 오면서 어느 정도 서로에 대해 알게 되었고, 대화도 편해지고 있었다.

4장

　화기애애했던 식사 시간이 지나고 다시 중경을 향해서 출
발했다.
　관도라고 해서 아스팔트로 포장된 고속도로를 기대한 건
아니었지만, 최소한의 포장이라도 되어 있을 거라 생각했던
내 기대는 무참히 박살 났다.
　철도를 타고 다닐 때는 전혀 생각하지 않았는데, 큰 도시
의 시내는 그래도 길을 다져 포장이 되어 있었으나 조금만
벗어나 관도에 접어들면 흙길을 조금 다져 놓은 수준이었다.
　그마저도 관리가 제대로 되지 않아 비가 온 흔적으로 곳곳
이 파여 있어 최악의 승차감을 주었다.
　"무슨 일인가?"

그 울퉁불퉁한 길이나마 잘 달리던 차가 정차해 최지헌에게 물었다.

"다리가 끊어져 다시 설치해야 할 것 같습니다. 전하께서는 앉아 계시면 금방 하겠습니다, 전하."

"다리가 끊어졌으면 큰일이……."

다리가 끊어졌다는 말에 놀라 되묻다 운전석과 조수석 사이로 보니 다리라고 할 수 있는 수준의 것도 아니었다.

양쪽으로 관도를 위해서 흙으로 다져 물길을 좁게 만들고 그 물길 위로 큰 통나무를 여러 개 놓아 차가 건널 수 있게 되어 있었다.

일본과 경성을 볼 때도 현대인의 시각에서 낙후되었다고 생각했는데, 이곳은 훨씬 더 낙후되어 있었다.

차가 가다가 멈춘 이유는 우리 앞에 지나간 차량이 다리로 놓여 있는 통나무를 부러뜨린 것인지 몇 개가 부서져 있었기 때문이다.

"보통 나무가 떨어져 있거나 흙이 무너져 있어야 하는데, 저런 식으로 부러져 있다는 건 부자연스러워 보입니다. 혹시 적이 있을지도 모르니 전하께서는 차에 계십시오, 전하."

내가 차에서 내리려고 하자 최지헌이 나를 말렸다.

그래서 뒤를 돌아보니 이미 뒤차에 타고 있던 의열단원들이 무장하고 차에서 내려 우리 차를 보호하는 형태로 진형을 형성하고 있었다.

최지헌은 운전하고 있는 요원에게 대기하라고 말한 후 혼자서 내렸다.

경트럭에 타고 있던 요원 두 명도 함께 내려 다리 옆에 쌓여 있는 통나무를 향해서 걸어갔다.

"停止招拍!"

우리 요원들이 통나무에 접근해 하나를 들었을 때, 어디서 큰 소리와 함께 총을 든 군인 여럿이 나타났다.

그 순간 우리 차를 보호하고 있던 의열단원들도 그들에게 서로 총을 겨눴다.

나도 품속에 가지고 있는 총으로 손을 가져가 혹시 불상사가 일어날 때를 대비했다.

"我是屬於 中華民國軍 韓國光復軍 分區司令員 金元鳳羅!"

양쪽이 대치 상황을 보일 때 경트럭에 타고 있던 김원봉이 앞으로 나서며 크게 외쳤다.

그러자 우리에게 총을 겨누던 군인들이 잠시 망설이더니 한 명이 뒤쪽으로 빠졌다.

얼마 지나지 않아 더 높은 사람으로 보이는 사람이 왔고, 김원봉과 무언가 이야기를 한참 했다.

그러고는 우리 쪽 사람들에게 말했다.

"모두 차로 돌아갑시다."

김원봉의 말에 통나무를 옮기려던 제국익문사의 요원들이 조심스럽게 차로 돌아왔다.

"무슨 일인가요?"

내가 타고 있는 차창으로 다가온 김원봉에게 물었다.

"저들은 중화민국 국민당 소속의 군대인데, 중경으로 가는 길을 차단하고 검문 중이라고 하는데…… 뭐 약탈하는 것인지 검문하는 것인지 확실하지는 않으니……. 내가 소속을 밝히니 이 길은 그대로 두고 우회로로 가라고 알려 주었소. 일단 그들이 말한 길로 가면 될 거 같소. 그래도 긴장은 풀지 마시오, 이 동지."

"알겠어요."

약산의 말에 품속을 권총을 꺼내 내 옆에 놓고 국민당 군인들의 수신호에 따라 길을 우회했다.

강을 따라 내려가는데 우리가 있던 길옆으로 수풀에 20여 명의 군인들이 매복해 있는 모습이 보였다.

강을 따라 조금 내려가니 아까와 비슷한 다리가 놓여 있었고 그 다리에도 군인들이 진을 치고 있었다.

약산이 소속을 밝힌 덕분인지 별다른 제지 없이 건널 수 있었다.

강을 건넌 이후 다시 아까의 관도로 복귀해 10시간을 더 달려 중경에 도착했을 땐 오랫동안 도로를 가장한 흙길을 달려 이미 허리가 없어진 기분이 들 정도로 피로가 쌓여 있었다.

20시간을 꼬박 길을 달려서인지 중간중간 식사를 하기 위해 휴식을 했는데도 힘이 드는 건 어쩔 수 없었다.

"나는 일단 광복군으로 복귀해야 하오. 동지는 어쩌겠소?"

중경에 도착하자 차를 주차하고, 약산이 내게 물어 왔다.

"나야 제국익문사로 가야겠지요. 후에 임정도 찾아갈 것입니다."

"그럼, 제국익문사까지 함께 가서 헤어지도록 합시다."

약산과의 대화를 마치고 다시 차를 타고 이동하기 시작했다.

"정비소에 제국익문사의 사무실도 함께 있어, 가시면 근무하고 있는 요원이 있을 것입니다, 전하. 훈련소는 남들의 이목을 피하고자 2시간 정도 걸리는 지역의 산속에 있으니, 후에 함께 가시면 될 것입니다, 전하."

"그리하지."

제국익문사에 도착하니 현대의 카센터와 비슷한 느낌을 주었다.

단지 차량을 들어 올리는 리프트가 있는 게 아니라 바닥을 파서 사람이 차 아래로 걸어 내려가 작업하는 형태의 정비소였다.

처음에는 우리 차량만 정비하는 곳인 줄 알았는데, 입구에 성심자동자정비소聖心自動車整備所라는 간판을 달고 영업하는 정상적인 정비였다.

"그럼 나중에 보도록 합시다, 이 동지."

약산은 자신의 차로 갈아탄 후 내게 인사하고 다른 의열단 단원들과 함께 떠나갔다.

"어서 오십시오."

내가 정비소 안으로 걸어 들어가니 차를 정비하고 있던 정비사 세 명이 나를 발견하고 인사했다.

간단한 인사였지만 정중함이 묻어 있었다.

"이쪽으로 들어가시면 됩니다."

최지헌의 길 안내를 따라 사무실 안쪽에 있는, 2층으로 올라가는 계단으로 갔다.

2층으로 올라가니 2층 사무실과 정비소 공간까지 이어진 큰 방이 나왔다.

가운데 큰 탁자 하나와 구석에 개인 사무 책상이 있었고, 큰 탁자를 중심으로 스무 명 정도의 인원이 모여 있었다.

"전하의 제국익문사 중경사무소 방문을 감축드립니다, 전하. 저는 이곳을 관리하고 있는 심재원 사무입니다, 전하."

스무 명의 인원을 대표해 제국익문사의 중경 사령관급인 사무 심재원이 내게 인사했다.

"고생이 많아요."

악수를 건네자 잠시 망설이다 손을 맞아서 인사했다.

"전하, 제 생애에는 못 뵙는 줄 알았습니다, 신 이시영입니다."

주름진 얼굴이 나이를 짐작케 하는 노인이 내게 다가와 대한제국의 예법대로 허리를 90도를 굽히며 인사했다.

그동안 편지를 오랫동안 주고받았던 성재 이시영이었다.

"성재 선생, 나도 성재 선생을 정말 보고 싶었습니다."

"선생이라니요. 성재면 충분합니다, 전하."

내게 인사하고 감격한 표정으로 이시영이 내게 말했다.

"……알겠어요. 성재께서 조국을 잊지 않아 줘서 감사해요."

"이 몸이 대한제국에서 나왔는데, 제가 어디로 가겠습니까, 전하. 전하, 이쪽은 광복군 총사령관인 지청천池靑天 장군입니다."

이시영과 비슷한 연배로 보이는 연한 황토색 군복을 입은 사람이 이시영 옆에 서 있었다.

지청천 장군은 마른 몸에 다부진 인상에 눈빛이 강렬한 사람이었다.

"대한제국군의 군인이었던 백산白山 지청천입니다. 만나뵙게 되어서 영광입니다, 전하."

정확히는 지청천이 대한제국군이었던 적은 없었다. 그가 임관했을 땐 이미 대한제국군이 없어졌었고, 그는 대한제국 육군무관학교에 입교해 2년 공부했던 게 다였다.

하지만 그는 자신을 대한제국군의 군인이라고 소개했다.

"광복군의 사령관인 지청천 장군을 여기서 뵙게 될 줄은 몰랐습니다. 반갑습니다, 이우입니다."

"대한제국의 사람으로서 대한제국의 후인께서 오시는데 당연히 와서 전하를 맞이해야 한다고 생각했습니다. 사실 제가 만주로 떠날 때 의친왕 전하의 도움을 받은 적이 있었습니다. 그분께서 최근 이우 전하께서 중경으로 오실 거라는 언질을 해 주셔서 이곳에 참석할 수 있었습니다, 전하."

"저를 환영해 주셔서 감사합니다."

"전하, 이 친구는……. 혹시 과거 주일 공사를 하였던, 김가진을 기억하십니까?"

김가진이 누구인지 잠시 생각하다 아버지 의친왕이 자신을 상하이로 망명할 수 있도록 도움을 줬었다는 대한제국의 문신이자 대동단 총재였던 이가 기억났다.

"아, 대동단 총재를 하셨던 그 김가진 선생을 말하는 것입니까?"

"그렇습니다, 전하. 이 친구는 김가진 총재의 아들인 김의환입니다. 임정에서 저의 일을 도와주고 있습니다. 그리고 이쪽은 정정화 부인으로, 이 친구의 아내 되는 사람입니다. 실질적으로 임정의 안살림을 맡고 있는 대단한 여인입니다, 전하."

이시영은 김의환과 그의 바로 옆에 있는 여인에 대해서 내게 설명했다.

그의 설명을 듣고 그들에게 악수를 건네었다.

"김의환입니다. 아버지께서 의친왕 전하를 보필하라고 유언하셨고, 그 유지를 이으시는 전하를 도우려고 왔습니다. 이쪽은 제 안사람인 정정화입니다."

"정정화입니다. 뵙게 돼서 영광입니다, 전하."

"반갑습니다, 이우입니다. 앞으로 많은 도움을 부탁드립니다."

이시영이 소개한 인물들과 인사를 마치자 심재원 사무가 뒤이어서 사람들을 소개했다.

"전하, 이쪽은 이지현 여사입니다. 저희 제국익문사 요원들에겐 대모로 불리는 분입니다, 전하."

이시영보다 더 나이가 있어 보이는 여성이었다.

"이우 전하, 더 헌양해지셨습니다, 전하. 소인은 과거 융희제를 모셨던 이 상궁이라 하옵니다."

여인은 내게 궁중 법도에 맞춰서 큰절을 하며 인사를 했다.

이 상궁이라고 자신을 소개한 여인을 보는 순간, 이 우 공의 어린 시절 기억이 떠올랐다.

융희제에게 밀명을 받을 때 있었던 젊은 상궁의 얼굴이 보였다.

그녀와 지금 내 앞에 있는 노인의 얼굴이 겹쳐지면서 그녀가 융희제와 순정효황후를 근거리에서 모셨던 상궁이라는 게 생각났다.

"이 상궁! 아직 정정해 보이는군. 이런 예절은 필요 없으니 얼른 일어나시게."

어린 시절 기억과 함께 젊었던 그녀가 이렇게 노인이 될 정도로 시간이 지난 후 다시 만났다는 거에 너무 반가워 그녀를 끌어안으면서 인사했다.

"융희제의 배려로 이 나이까지도 조국을 위해서 일하며 살 수 있었습니다, 전하."

"너무 반가워. 어린 시절에 보고 처음 보는데 그때의 얼굴이 많이 남아 있어!"

"소인을 기억해 주셔서 감사합니다, 전하."

이 상궁과의 반가운 인사가 끝나고, 그 뒤로도 심재원이 두 명의 사신과 다섯 명의 상임통신원을 더 소개해 주었다.

이들은 광무제 때부터 융희제까지 유지되었던 제국익문사에서 살아남은 인물들이었다.

가장 마지막으로 소개받은 제국익문사의 사람은 가장 어리게 보이고 가장 키가 큰 이준식 상임통신원이 있었다.

"이준식 상임통신원입니다, 전하."

"일전에 운현궁에서 한번 봤었지?"

"그렇습니다. 기억해 주셔서 감사합니다."

"두 사람을 모두 함께 보고 싶었는데……."

내가 경성에서 탈출시켜 준 두 사람 중 한 명은 내가 명령한 작전 때문에 이미 지하로 내려갔다.

이준식 상임통신원을 보니 김용팔 상임통신원이 떠올라 마음이 무거워졌다.

"저희의 임무가 조국을 위해 산화하는 것입니다. 너무 심려치 마십시오. 그도 떠나면서 행복했을 것입니다, 전하."

"그래도 내 사람이 죽는 건 적응이 되지를 않는군."

"군인의 길입니다. 너무 심려치 마십시오, 전하."

내 목소리가 저음이 되자 옆에 서 있던 심재원도 내게 말했다.

처음 중경에 온 날인데 첫날부터 분위기를 울적하게 있을 수는 없어 분위기 전환을 하기 위해 박수를 한 번 치고, 큰 소리로 말했다.

"자, 다들 언제까지 서서 이야기할 수는 없으니, 일단 자리에 앉으세요."

내 말에 몇몇은 큰 탁자 옆의 의자에 앉고, 자리가 없는 사람은 벽 쪽에 마련된 의자에 앉았다.

"내가 중경으로 온 첫날부터 일에 관해 이야기해도 괜찮을까요?"

"괜찮습니다, 전하. 하루빨리 독립을 하기 위해서는 당연합니다."

내 말에 이시영이 대답했다.

"일단 그동안 있던 일에 대해 각자 보고할 일이 있으면 해주세요."

내 말에 제국익문사의 중경 책임자인 심재원이 중경의 제국익문사 훈련소와 활동에 대해서 보고했다.

먼저 훈련소에서 배출한 1기 통신원들의 활동 내용과 훈련소의 인원에 대해서 보고했다.

또한 그는 블라디보스토크에 있는 곽재우가 보내온 보고서도 보고했다.

"현재 임시정부에서 우리 쪽으로 분류되는 부류는 크게 셋입니다. 이쪽에 있는 지청천 장군을 비롯해 신흥무관학교 출신의 군관들과 그들을 따르는 군인이 한 부류고, 다른 쪽은 전하의 회유로 합류한 김원봉과 그를 따르는 1지대 인원과 의열단의 인원들입니다. 대부분의 의열단원은 이미 1지대로 합류를 한 상황입니다. 마지막으로 저를 따르는 임시정부 내 관료들입니다. 그들도 저의 뜻에 동의하였고, 자유민주주의 국가인 것만 확실하다면 황실이 중심이 되어 독립 전쟁을 하는 것이 동의하였습니다. 특히 전하께서 말씀하신 독립운동 계열의 분열이 독립 이후까지 미칠 영향에 대한 우려에 깊이 공감했습니다, 전하."

이시영이 보고를 하면서 지청천에 대해 언급할 때에는 그가 자리에서 살짝 일어나 내게 인사를 했다.

이시영이 말을 마치고 자리에 앉았다.

"성재께서 중경에서 좋은 성과를 내주어서 감사합니다. 우리가 독립을 하는 것도 중요하지만 가장 중요한 것은 남에

의한 독립이 아니라 우리가 주도한 독립이어야 한다는 점입니다. 그래야지 연합군 내에서도 목소리를 낼 수 있고, 남들이 우리나라에 간섭할 수가 없습니다. 그러니 많은 사람이 죽겠지만, 독립 전쟁은 꼭 해야 합니다. 우선 가장 먼저 광복군의 지휘권을 중국국민당으로부터 가져오는 것으로 시작합시다. 지금 이대로라면 광복군은 대한인들의 군대가 아닌 중국의 예하 부대일 뿐입니다. 이래서는 연합군 내에서 발언권을 가질 수가 없습니다."

"그 부분은 이미 처음부터 임정에서 반대했으나, 힘이 없어 협상이 진전되지 않았습니다. 처음 군대를 만들 수 있게 허락해 준 것도 중일전쟁에서 중국이 열세가 되었기 때문입니다. 쉽지 않을 것입니다, 전하."

광복군의 총사령관인 지청천이 내 말에 부정적으로 대답했다.

그 역시 광복군 총사령관으로 있으면서 많은 좌절을 겪어서인지 말에 회한이 묻어 있었다.

"중국 입장에서는 자국 내에 독자적인 명령 체계를 가진 타국의 군대가 있는 걸 용납할 리가 없으니, 장제스보다는 미국을 움직여야 합니다."

내 말에도 지청천은 회의적인 표정이었지만, 더 말하지는 않았다.

"그 부분은 이미 미국에서 우리 쪽 사람이 움직이고 있습니다. 또한, 연합국의 두 축인 미국과 영국에게 우리 지위를 약속받으려면 누군가 가서 협상을 해야 하는데, 최종적으로는 양쪽으로 내가 가서 협상할 것이지만 먼저 판을 깔기 위해선 누군가 가야 합니다. 미국은 이미 북미 대한인국민회에서 활동하고 있고 성과를 내고 있으나, 영국에는 마땅한 사람이 없습니다. 혹시 추천해 줄 사람이 있습니까?"

내 질문에 참석자들이 모두 조용히 있었다.

그때 이시영이 조심스럽게 이야기했다.

"혹시 윤보선이란 사람을 아십니까?"

뜬금없는 인물이 나와 조금 놀랐다.

윤보선이란 사람에 대해서는 잘 알고 있었다. 서울시장과 제2공화국에서 대통령을 역임한 인물이었다.

하지만 독립운동사에서는 상해 임정 초기에 활동하고 지금은 활동이 거의 없는 인물이라 이시영에게서 그의 이름이 나온 것에 놀랄 수밖에 없었다.

"자세히는 모르나 알고는 있습니다."

그에 대해서 정확히는 몰라도 확실한 것은 내 이복동생인 이진완 남편의 형이라는 점이다.

가깝게 보면 나와는 사돈 관계였는데, 그 집안 자체가 일본에 부역해 조선 안에서 잘 먹고 잘 사는 집안이었다.

윤치호를 비롯해 이미 변절해서 일본에 부역하는 사람이 많았다.

윤보선이 변절했다는 말은 못 들어 봤으나 확신이 서지는 않았다.

"그는 상해임시정부에도 가담했었고, 후에 영국의 에든버러대학교에서 공부해 영국에 대해 잘 알고 있는 인물입니다."

"하지만 그의 집안이……."

집안사람 중에서 친일을 하고 있는 인물도 있었고, 대한제국의 황실에 대해서 상당한 반감과 악연이 있는 사람도 있어 망설일 수밖에 없었다.

"그 부분에 대해서는 저도 알고 있으나 그는 반일 감정을 가지고 있어 독립군에게 호의적인 인물입니다. 그 사람 개인에 대해서 어느 정도 신뢰할 수 있는지는 확신하지 못하겠으나 영국에서 활동 가능한 인물이 많지 않습니다, 전하."

이시영은 내가 말끝을 흐리자 이미 알고 있다는 듯 바로 대답했다.

"일단 정확한 것은 숨긴 채 한번 접촉은 해 보세요. 그리고 다른 추천할 만한 사람은 없습니까?"

내 물음에 다들 조용히 있었는데, 뒤쪽에 앉아 있던 김의환의 아내 정정화가 손을 들었다.

"네, 말씀하세요."

내 허락이 떨어지자 정정화가 자리에서 일어나 말하기 시작했다.

"꼭 남성이어야 하는 겁니까?"

남성이 아닌 여성은 알고 있다는 투로 들려서 흥미로워 바로 대답했다.

"아니요. 우리와 함께할 마음이 있는 사람이면 성별은 상관없습니다."

"정치와는 상관없는 인물이지만, 한지윤이라는 친구가 있습니다. 케임브리지대학교(University of Cambridge)를 나온 사람이지요. 아직 나이는 어리지만, 의과대학을 나와 지금 런던에서 내과 의사로 일하고 있습니다."

"영국에서 대학을 나왔다고요?"

"네, 내과로 박사 학위까지 받은 것으로 알고 있습니다."

영국에서 양대 명문으로 분류되는 케임브리지 대학을 나온 여성이라는 점에서 눈길이 갔다.

거기다 박사 학위까지 수료한 여성이라는 점에서 놀란 표정을 감출 수 없었다.

이 시대에서 처음 보는 여성 박사였다.

"그 사람에게 제가 편지를 보낼 수 있게 연결해 주세요. 정치에 직접적으로 관련은 없더라도 앞으로 일에 엄청난 도움이 될 것 같습니다."

"그럼 제가 편지해 보도록 하겠습니다."

"오늘은 첫날이고 하니 여기까지 하겠습니다. 후에 또 이야기가 필요한 부분에 대해서는 제게 말해 주세요. 수고하셨습니다."

"수고하셨습니다."

"수고하셨습니다."

내가 선창을 하자 참석자들이 일제히 인사를 하는 것으로 중경에서의 첫 모임이 끝이 났다.

전부 자리에서 일어나려고 할 때, 이 상궁이 손을 들었다.

"이 상궁, 하실 말씀이 있나요?

"네, 전하."

"말하세요."

"내일 저녁에 전하의 무사 도착을 축하하는 간단한 식사 자리를 마련할까 합니다. 참석 가능하신 분들은 큰 연회는 아니겠지만, 오셔서 맛있는 저녁을 드셨으면 좋겠습니다."

이 상궁의 제안에 나도 연회가 아닌 저녁 식사라면 함께하는 것도 좋을 것 같아 동의했고, 참석자들 대부분도 동의해 다음 날 저녁에 식사를 하기로 했다.

모든 일행이 밖으로 나간 뒤 심재원과 대화하기 위해서 다가갈 때 이시영의 목소리가 들렸다.

"전하, 잠시 대화가 가능하시겠습니까?"

"네, 성재 선생, 말씀하세요."

"사실 전하가 이곳에 도착한 것을 비밀에 부치기는 했으나, 김구 주석은 어떤 식으로든 알고 있을 가능성이 높습니다. 과거 이승만 박사가 상해에 왔을 때 임정으로 바로 오지 않고, 외부에서 여러 사람과 세를 규합하려고 해 임정과 갈등이 심해졌었습니다. 물론 그 전부터 갈등이 있었던 상태라 그게 폭발한 것이지만, 지금 김구 주석이 알고 있는 상태에서 그와 만남을 미루시면 괜한 오해를 살 수 있다고 사료됩니다. 우리 쪽에서 먼저 도착하였음을 알리고 전하의 망명에 대해 비밀 유지를 해 줄 것을 부탁하는 것이 좋을 거라 사료됩니다, 전하."

이시영은 조심스럽게 내게 이야기했다.

나도 김구와의 갈등이 좋지 않다는 것을 공감하고 있어서 바로 대답했다.

"그럼 성재께서 만남을 주선해 주세요. 불필요한 오해와 알력 다툼을 할 이유가 없지요. 오늘 바로 만날 수 있다면 좋겠네요."

내 말에 이시영의 표정이 밝아지면서 대답했다.

"알겠습니다. 그럼 오늘 저녁에 바로 만남을 가질 수 있도록 이야기해 보겠습니다, 전하."

"부탁드립니다."

성재는 내 대답을 듣고 나서 사무소를 벗어났다.

"전하, 이게 전보로 연락드렸던 미국에서 온 편지입니다. 저에게 따로 온 편지로는…… 전하께 유일한 박사가 성공했다고 전하면 아실 거라고 했었습니다, 전하."

자리가 정리되고 제국익문사의 요원들만 사무소에 남고

나서 심재원이 내게 편지 한 장을 건네주었다.

유일한 박사가 성공했다는 말에 내용은 대략 짐작이 가 그가 건넨 편지를 자리에 앉아 뜯었다.

전하, 워싱턴의 유일한입니다.

급히 전갈을 보낸 이유는 OSS에서 일본 육군의 수송선과 관련해 정보를 파악했고, 우리 쪽의 무력에 대해서 감탄해 긍정적으로 평가했기 때문입니다.

그래서 군 협력 관계에 관해 이야기를 했으면 좋겠다고 연락해 왔습니다.

그들이 원하는 것은 일본군의 후방 교란과 요인 암살, 여론 공작입니다.

조선과 일본으로 잠입해 공작 활동을 해 주기를 바라고 있습니다.

그리고 미국 측에서는 우리 군의 훈련과 중화민국, 소련의 주둔 협조를 요청해 줄 수 있다고 말해 왔습니다.

빠른 회신 부탁드립니다.

유일한이 보낸 편지는 내 생각보다 훨씬 좋은 내용이었다.

미국이 이런 식으로 적극적인 협조를 해 준다면, 앞으로의 행보가 훨씬 편해질 것이었다.

편지를 접어 놓고 고개를 드니 심재원과 제국익문사 요원들이 궁금한 표정으로 나를 바라보고 있었다.

"미국에서의 일이 생각보다 잘 진행되고 있네요. 미국에서 우리와 군사 부분에서 전략적 제휴 관계를 만들고 싶어합니다. 김용팔 상임통신원의 희생이 이런 결과를 만들었으니, 제국익문사의 노력 덕분이네요. 다들 고생하셨어요."

긍정적인 일을 만들었다는 것에 다들 기뻐했으나, 동료의 죽음으로 만들어진 결과라 마냥 기뻐하지는 못했다.

"그런데 미국의 연락이 상당히 빠른 것 같습니다."

유일한의 편지에 작성된 날짜가 적혀 있었는데, 불과 2주일 전에 작성된 편지였다.

미국에서 오가는 편지가 2주일 정도밖에 걸리지 않는 게 신기해 물었다.

"이곳 중경에서 워싱턴 간 정기 우편 연락망이 있어 미국과의 연락은 빠른 편입니다. 전하가 경성에 계실 때는 이곳에서 경성으로 보내는 게 오래 걸려서 그런 것이었습니다, 전하."

중국국민당 정부가 아시아에서 미국의 가장 큰 우방이라 정기 연락 편이 있는 것 같았다.

"다행이군요. 답장을 보낼 종이 좀 주시겠어요?"

"네, 전하."

심재원은 내 말에 편지지를 몇 장 가지고 왔다.

그 편지에 유일한에게 보낼 답장을 작성했다.

OSS와의 전략적 제휴를 추진하고 가능하면 우리의 지위를 정부로 인정해 줄 수 있는 방법을 강구하라는 내용이었다.

망명정부로 인정을 받기 위해서는 일단 중화민국에 정부로 인정받고 있는 김구가 주석으로 있는 임정과의 입장 정리가 필요했다. 그래서 한창 편지를 작성하다 멈추고 심재원에게 물었다.

"다음 정기편 출발일이 언제인가요?"

"4일 뒤에 출발할 예정입니다. 접수는 하루 전까지 해야지 4일 뒤에 출발하는 정기편에 실릴 것입니다. 그러니 3일이 남아 있다고 생각하시면 됩니다, 전하."

아직 3일의 시간 여유가 있어 작성하던 편지를 정리하고 심재원에게 말했다.

"일단 이건 보관해 주세요. 오늘 저녁에 김구 주석과 만나 이야기한 이후 내용을 추가해 보낼 겁니다."

심재원은 내 말에 편지를 받아 자신의 서랍에 넣었다.

"전하, 일단 숙소로 안내하겠습니다."

"숙소가 어딘가요?"

왠지 이들이 나를 배려한다고 또 호텔을 잡아 놓은 것이 아닌가 생각이 들어 물었다.

"이 근처 한림반점이라는 호텔이 있습니다. 아직 방을 잡지는 않았으나, 1인실은 언제나 여유가 있으니 가시면 바로 투숙하실 수 있습니다, 전하."

역시나 예상대로 이곳에서 요원들이 모두 호텔 생활을 하고 있을 리 만무한데, 나는 호텔에서 생활할 수 있게 해 놓았다.

"전부 잠시 모여서 제 말을 들어 주세요."

사무실에 있던 모든 제국익문사 요원이 내 말에 나를 보거나 중앙 탁자로 와서 앉았다.

"저는 이곳에 독립전쟁을 하러 왔습니다. 우리 대한제국이 없어지고 지난 세월 동안 우리 황족이 제대로 된 역할을 못 했다고 생각합니다. 이제부터라도 해 보려고 하는데, 그것은 제가 특별한 대접을 받기 위함이 아닙니다. 저에게 예우를 해 주는 것은 좋으나, 저 역시 여러분들과 함께 조국의 독립을 위해서 일하는 사람이니 특별 대접은 하지 마세요. 일단 숙소를 정하기 위해 사무께서 말한 반점으로는 가지 않을 것입니다. 우리 제국익문사 요원들이 생활하고 있는 숙소에 요원들과 똑같은 방에 들어가서 생활할 것이니, 그렇게 준비해 주세요."

자리에 있는 사람 중에서 이미 이 말을 들어서 알고 있는 시월이와 무명, 최지원만 가만히 있었고 다른 요원들은 전부 당황하거나 의아스러운 표정으로 나를 바라봤다.

"하지만 전하, 제국익문사 요원들이 생활하는 곳은 좁고 생활하시기 불편하실 것입니다."

운현궁의
주인

최선임인 심재원 사무가 일어나 내게 말했다.

"괜찮습니다. 편안함을 바랐다면 경성에 남아 귀족 대우를 받고 살았을 겁니다. 2천만 동포들을 위해서 중경에 왔고 내가 개인실을 쓰는 돈도 아껴 우리의 일을 위해 써야 합니다. 그러니 나도 요원들이 생활하는 숙소에 가서 똑같은 방과 똑같은 음식을 먹으며 생활할 거예요. 저에게 융희제의 유지를 잇는 후계자로서 예우를 해 주는 것은 좋으나 그건 생활을 하는 부분이 아닌 역할의 차이입니다. 앞으로는 그렇게 해 주세요."

내가 강한 어조로 말을 마무리하자 심재원이 대답했다.

"전하의 뜻이 그러시다면 그리하겠습니다, 전하."

"다른 사항이 없으면 자리에서 일어납시다."

"그럼 이 친구가 전하를 숙소로 안내할 것입니다."

심재원이 지목한 사람은 최지헌 통신원이었다.

이 자리에 있는 사람들은 최소 상임통신원 이상의 사람들이었고 가장 계급이 낮은 사람이 최지헌이라 어찌 보면 당연한 일이었다.

최지헌의 안내를 따라간 곳은 정비소에서 걸어서 5분 정도에 있는 3층짜리 건물이었다.

"이곳은 상해에서 활동하시며 중화민국 국적을 가지고 있으셨던 이상결 상임통신원의 이름으로 구매한 저희 숙소입니다. 3층은 상임통신원이, 2층은 중경에서 활동하는 통신원이 사용하고 있습니다. 1층에는 대모님께서 운영하시는 음식점이 자리하고 있습니다, 전하."

"대모님?"

"아, 이지현 여사를 저희는 그렇게 부르고 있습니다. 저희 모든 제국익문사 요원들의 어머님이시죠."

이 상궁이 이곳에서 얼마나 알뜰하게 요원들을 챙기고 있는지가 최지헌의 말에서 느껴졌다.

"아까 사무께서 전하의 숙소는 3층의 상임통신원들이 사용하는 방 중에서 정해 주셨습니다. 마침 아직 사용하지 않는 방이 있어 그곳을 쓰시면 됩니다, 전하. 그리고 시월 양께서는 여성 요원과 대모님이 사용하는 3층 방을 사용하시면 됩니다."

좁은 계단으로 올라가자 생각보다 큰 크기에 놀랐다.

층마다 양쪽으로 열 개가 넘어 보이는 방이 있었고, 안내되어 들어간 방은 내가 대학 시절 사용하던 원룸보다 약간 작은 정도의 크기였다.

주방과 화장실 같은 것이 없어 방의 크기만 보면 원룸과 거의 같은 느낌이었다.

"화장실은 1층 뒷마당에 있습니다. 그곳을 이용하시면 됩니다. 그리고 뒷마당에 가시면 펌프가 설치되어 있으니 물은 그곳에서 사용하시면 됩니다, 전하."

"펌프?"

운현궁의
주인

건물에 수도가 없는 것인지 뒷마당으로 가야 한다 이야기
하는데 갑자기 영어가 튀어나와서 뭔지 몰라 되물었다.

"이곳은 우물을 사용하지 않고 펌프라는 미국 제품이 있는
데, 그것을 이용해 물을 끌어 올려 사용합니다, 전하."

"전하, 그것은 제가 사용 방법을 알고 있으니 걱정하지 않
으셔도 됩니다."

조용히 뒤따르던 시월이가 내게 말했다.

"그래, 나중에 알려 주게."

물론 내가 알려 달라고 해도 시월이는 자신이 내 세숫물을
날라다 주려고 할 터였다.

그건 나중에 가서 다시 하지 말라고 하기로 하고 일단은
넘어갔다.

두 사람이 자신의 짐을 정리하기 위해 방에서 나가고 나
혼자 남겨진 방에서 짐을 정리했다.

별다른 짐이 있지는 않아 금방 정리가 끝나자 방에 있는
창문을 열었다.

길거리에는 아이들이 뛰놀고 있었다.

창문으로 들리는 소담스러운 소리를 듣고 있을 때 방문을
두드리는 소리가 났다.

"전하, 시월입니다."

"들어오게."

"이 상궁이 점심을 먹는 것이 어떤가 여쭈옵니다, 전하."

"그래, 함께 가도록 하자."

시월이와 함께 1층으로 내려가니 이미 식사 준비가 끝나 있었다.

궁중 요리나 북경에서 먹었던 만한전석처럼 많은 종류의 요리는 아니었으나, 나물과 김치가 주를 이루는 정갈한 밥상이었다.

이 상궁도 사무실에서 내가 했던 말을 듣고 또 최지헌이 이야기한 것인지 식탁에는 다른 사람들의 수저도 함께 놓여 있었는데, 그 자리에는 무명과 최지헌이 나를 기다리고 있었다.

내가 자리에 가서 앉으니 시월이도 내 옆자리에 앉았다.

우리가 자리에 앉으니 이 상궁이 뚝배기에 담겨 보글보글 끓고 있는 된장찌개를 가지고 나왔다.

"최 통신원이 전하께서 따로 특별히 준비하는 것을 싫어하신다 하여 한 상으로 준비했습니다. 이 된장찌개는 우리 제국익문사의 모든 사람이 좋아하는 것입니다. 작년 겨울에 만든 것이니 맛있을 것입니다, 전하."

"고맙네. 다들 들지."

내가 숟가락만 들기를 기다리는 눈빛에 숟가락을 들어 된장찌개를 한 숟가락 떠먹었다.

"이 상궁, 된장찌개가 정말 맛있군. 사동궁의 수라나인들의 솜씨보다 더 맛있는 거 같아."

"과찬이십니다, 전하."

"아니야, 진심일세."

"감사합니다, 전하."

"맛있게 먹겠네."

경성을 벗어난 지 시간이 지나 한식이 먹고 싶었는데, 이역만리인 중경에서 고향에서보다 더 맛있는 음식을 먹을 수 있어서 기쁜 마음으로 밥을 먹었다.

식사를 마칠 때쯤 이시영이 보낸 사람이 와서 김구 주석이 저녁 식사를 함께하면 좋겠다는 의사를 전해 왔다.

저녁을 함께 먹는 자리가 편하지만은 않겠지만, 특별히 싫을 것도 없어서 수락했다.

5장

　숙소에서 영국에서 해야 할 일과 앞으로 어떻게 해야 할지에 대해 생각하고 대충 정리하고 나니 김구 주석과 약속한 시각이 다 되어 갔다.

　그를 만나러 가기 위해 1층으로 내려가니 최지헌이 나를 기다리고 있었다.

　"전하, 심재원 사무가 이곳에서 전하의 생활은 시월 양이 보필하겠지만 여러 가지 일을 하시려면 중국어 통역이 필요하실 거라며 저를 보내셨습니다. 앞으로 전하의 근거리에서 보필하도록 하겠습니다."

　나도 시월이도 중국어는 잘하지 못했는데, 심재원 사무가 미리 알아채고 보내 줘서 다행이었다.

"그래, 앞으로 잘 부탁하네. 일단 약속 시각이 다 되어 가니 임시정부 청사로 가지."

"이곳이 중경의 외곽이라 임시정부 청사까지는 거리가 멉니다. 정비소에 들러 차량을 가지고 가시는 게 어떠십니까?"

"자네가 잘 알 테니 자네 생각대로 하세."

내 허락이 떨어지자 최지원이 나를 정비소로 안내했다.

정비소에는 여전히 차를 열심히 고치고 있는 정비사가 있었고, 차를 정비하는 곳에는 두 대의 차량이 들어서 있었다.

최지원이 사무실로 가서 자동차 열쇠를 가져왔다.

낮에 봤던 경트럭이 아닌 승용차가 준비되어 있었다.

최지원이 모는 승용차를 타고 15분 정도 타고 가니 강이 눈에 들어왔다.

여의도처럼 강 가운데에 섬이 하나 있었는데, 그 섬의 양쪽으로 강이 흐르고 있었다.

한쪽은 황토색의 물이고 한쪽은 푸른색의 물이었는데, 양쪽 강의 색이 확연히 달라 색다른 풍경을 연출했다.

"같은 강에서 물빛이 다르니 신기하게 보이는구나."

"이쪽은 양쯔강이고, 저쪽 푸른색 물은 자린강의 지류여서 그렇습니다. 이곳에서 만나 내려가며 상해까지 흘러 양쯔강을 형성합니다, 전하."

"대단하군."

"임시정부는 저기 섬에 있습니다. 금방 도착할 것입니다."

운현궁의
주인

최지헌의 설명이 끝나고 얼마 지나지 않아 섬으로 가는 다리를 건넜다.

다리를 건너고 5분 정도 더 달려 골목길 앞에 정차했다.

주위에 정부 청사가 눈에 들어오지는 않고, 길에는 음식점들이 장사하고 있었다.

그러다 골목길에서 서 있는 세 명의 사람을 발견했는데, 그중에서 이시영이 보였다.

"이곳인가?"

"저기 골목 안으로 들어가면 있습니다, 전하. 저는 주차를 하고 오겠습니다."

"알겠네."

차에서 내리니 이시영이 나를 알아보곤 내 쪽으로 다가와서 인사했다.

"성재께서 직접 나오셨습니까?"

"전하께서 오시는데 직접 나와야지요. 이쪽은 제 비서인 최경현이라고 합니다. 이쪽은 임시정부를 경호하는 경위대警衛隊의 경위대장 한성규입니다."

"최경현입니다. 만나게 되어 영광입니다, 전하."

"한성규라고 합니다."

최경현과는 악수하고 한성규는 내게 경례를 해서 나는 묵례로 그의 인사를 받아 주었다.

그 후 성재의 안내를 따라 임시정부가 있는 골목 안쪽으로 걸어 들어갔다.

얼마 걷지 않아 하늘색 담장에 작은 문과 문 안으로 보이는 계단이 눈에 들어왔다.

입구에는 '대한민국大韓民國 임시정부臨時政府'라고 적힌 현판이 걸려 있었다.

"이쪽이 대한민국 임시정부의 중경 임시 청사입니다, 전하. 이곳은 경위대와 선전부, 문화부, 군무부가 있는 건물이고, 이 건물은 회의실, 휴게실, 외무부가 있는 건물입니다."

중경임시정부는 내가 생각하고 있던 것보다 훨씬 큰 규모였다.

임시정부 안에는 다섯 개의 건물이 있었는데, 내가 작은 건물에 있을 거라 생각했던 것과는 다르게 상당한 규모여서 놀랄 수밖에 없었다.

이곳에 비하면 제국익문사의 사무소는 구멍가게 수준밖에 안 돼 보일 정도였다.

건물 안에도 일하는 사람이 많은지 내가 걸어 들어가는 사이에도 여러 사람이 왔다 갔다 했다.

그러다 임시정부의 국무위원이자 재무부장인 이시영이 누군가를 안내하고 있으니 나에 대해 궁금증을 가진 눈빛을 보내는 사람도 있었다.

입구에 있던 두 건물의 소개가 끝나고 계단을 올라왔다.

그곳에서도 이시영이 건물들을 가리키며 설명했다.

"이 건물은 경위대와 내무부, 재무부, 그리고 주석실이 있습니다. 저도 이곳의 2층 재무부실에서 일을 하고 있습니다. 또한 그 뒤로 일제의 폭격에 대비한 방공호가 있습니다. 그리고 이쪽이 외빈 접대실이 있는 건물입니다."

이시영은 지금 있는 곳에서 한 계단 위에 있는 건물을 가리키며 말했다.

그의 안내에 따라 계단을 올라갔다.

"저쪽 건물은 국무위원들이 사용하고 있습니다. 이 건물은 1층은 창고로 쓰이고 2층으로 가시면 외빈 접대실이 있습니다. 이쪽으로 모시겠습니다, 전하."

이시영의 안내를 받아 2층으로 올라가니 여러 개의 문이 있었고, 이시영이 그중에서 하나의 문을 열었다.

열린 문으로 들어가자 이미 미래에서 사진으로 자주 봐 잘 알고 있는 김구 주석과 그와 함께 앉아 있는 두 사람이 보였다.

이미 이시영에게 임시정부 국무위원들이 동석한다는 이야기를 들어 알고 있던 부분이라 신경 쓰지 않았다.

임시정부 독립운동의 중심이자 한국 독립운동사를 대표하는 인물, 이지훈이었던 시절 나도 존경했던 사람이 눈앞에 있자 몸에서 소름이 돋아나는 기분이었다.

내가 방 안으로 들어서니 자리에 앉아 있던 김구 주석이 자리에서 일어나 내 쪽으로 다가왔다.

옛 기억과 겹쳐져 감상에 잠겼다.

김구 주석이 걸어오면서 그 모든 감상이 깨어져 버리고 역사학 교수님이 강의하다 지나가면서 했던 이야기가 떠올랐다.

─에…… 보통 이 사진을 보면 김구가 키가 작다고 오해할 수도 있지만, 여기 이 사진을 보면 그의 키가 얼마나 컸었는지를 알 수 있습니다.

'교수님, 큰 정도를 이 정도라고 강조해서 말해 주셨어야죠!'

교수님이 지나가듯 말해서 아무 생각 없었는데, 실제로 만난 김구 주석은 키가 엄청나게 컸다.

160이 되지 않는 내 키까지 더해지니 체감상으로는 2미터가 넘게 느껴졌다. 내 시선이 정면을 보면 김구 주석의 가슴 아래에 머물렀다.

"대한민국 임시정부 주석 김구입니다."

김구의 인사에 정신이 들어 그가 내민 손을 맞잡으며 인사했다.

"이우입니다."

그와 편지로 내가 대한제국의 후인이고 그는 대한민국의 주석임을 가지고 신경전을 했지만, 손을 맞잡는 순간 그런 이유로 신경전을 해서는 건설적인 결과를 얻기가 힘들겠단 생각이 번뜩 들었다.

이 문을 열고 들어오기 전까지만 해도 분명히 그와 그런 문제로 싸움을 하겠구나 하고 마음을 다잡고 들어왔다.

그런데 그의 예상치 못한 큰 키에서 평정심을 잠시 잃었을 때 직접 만나 손을 맞잡으며, 그의 손에 생긴 땀방울과 온기가 오히려 내 정신을 번쩍 들게 만들었다.

내가 이 만남을 이전부터 생각했지만 부담스러웠던 만큼 김구 주석 역시 이 만남이 부담스럽고 긴장되는 자리라는 게 느껴졌다.

현대의 기억으로 인해 내게 김구에 대한 존경심이 있었기에, 내가 알지 못하는 사이에 마음속으로 평범한 사람들과는 다르게 생각했을지도 몰랐다.

"일단 자리에 앉아서 이야기합시다. 아, 그리고 죄송하지만 다른 분들은 전부 나가 주세요."

김구 주석과 손을 놓자마자 내가 선언하듯 말했다.

처음 이곳으로 올 땐 정상회담을 하는 마음가짐으로 왔는데 조금 더 괜찮아 보이는 생각이 떠올라 작전을 전면 수정하기로 했다.

머릿속에서 처음 작전인, 이성적, 논리적으로 이기는 것이 아닌 다른 부분을 건드려 보기로 했다.

교수님이 했던 말이 방아쇠가 되어 언젠가 들은 적 있던 독립만 할 수 있다면 나는 임시정부에서 가장 하찮은 일을 하겠다던 김구 주석의 말이 함께 떠올랐다.

그래서 그의 이성이 아닌 감성을 건드려 보기로 마음먹었다.

"전하, 전부 다 말씀이십니까?"

성재가 내가 선언하듯 한 말에 당황스러운 듯 내게 물어왔다.

"네, 저와 김구 주석, 단둘이 이야기하고 싶습니다."

성재는 더는 말을 하지 않고, 내 말에 따라 문밖으로 나가기 시작했다.

"괜찮습니다. 다들 나가 주세요."

김구 주석은 내가 왜 이러는지 잠시 생각하는 것 같더니 내 눈을 바라보면서 다른 사람들에게 말했다.

"혹시 총을 가지고 있으십니까?"

나와 함께 성재와 성재의 비서, 그리고 이미 방 안에 배석해 있던 국무위원들이 자리에서 일어나 나가는데, 단 한 사람 경위대장 한성규가 오히려 내게 다가와서 말했다.

"하나 가지고 있소."

"그럼 외람된 말씀이지만 그것은 제게 주십시오. 그리고 죄송하지만, 확인 좀 하겠습니다."

"이 사람이! 무례하게 이게 무슨 짓인가? 이분은 대한제국의 후인인 이우 전하일세. 전하가 주석을 암살이라도 한다는 말인가?"

밖으로 나가려다 나와 경위대장이 이야기하는 것을 듣고 있던 성재가 뛰어와 경위대장에게 따지듯 말했다.

하지만 한성규 경위대장은 단호한 표정으로 나를 봤다.

"괜찮습니다. 경위대장이라면 해야 할 일입니다. 이곳의 원칙이 그렇다면 지켜야지요. 여기 있습니다. 그리고 몸을 수색해 보세요."

김원봉에게 받은 후 항상 소지하고 다니는 콜트 권총을 그에게 내주고 양팔을 벌려 그가 내 몸을 수색할 수 있게 해 주었다.

"잠시 실례하겠습니다."

성재는 옆에서 당황스러운 표정이었으나 내가 몸수색을 받겠다고 한 상황이라 이러지도 저러지도 못하고 있었다.

한성규는 내게 권총을 넘겨받아 탄창을 빼 성재의 비서에게 넘겨주고, 내 몸을 이곳저곳 확인했다.

"실례했습니다."

한성규는 몸수색이 끝나자 내게 인사를 한 다음 다른 사람들과 함께 밖으로 나갔다.

사람들이 모두 나가고 나서 내가 먼저 김구 주석에게 말했다.

"일단 이쪽으로 앉아서 이야기하시죠. 저런 딱딱한 곳보다는 이곳이 이야기하기는 더 좋을 것 같군요."

원래 나와 이야기하기 위해서 세팅되어 김구 주석이 앉아 있던 긴 회의 탁자가 아닌 방의 한쪽에 있는 소파를 가리키며 말했다.

　　김구 주석은 내 말에 자신이 먼저 소파로 가서 앉았다. 나도 그를 따라서 맞은편에 앉았다.

　　"먼저 한성규 경위대장이 과민했던 것을 사과를 드립니다."

　　"아닙니다. 경호를 책임지는 사람이라면 그 정도는 되어야지요."

　　"이해해 주셔서 감사합니다."

　　짧은 대화가 끝나고 나서 잠시 침묵이 이어졌고, 그 침묵 끝에 갑자기 김구 주석은 자신의 앞에 있던 다기茶器를 이용해 차를 끓여 자신의 앞에 한 잔을 놓고 내 앞에도 한 잔 놓았다.

　　"무엇입니까?"

　　"홍차입니다. 장제스 주석께 선물받은 것이죠. 복건성福建省에서 생산되는 정산소종正山小種이라는 종인데, 맛이 괜찮습니다. 이야기가 길어질 것 같아 마시면서 이야기하기 위해 준비했습니다."

　　"잘 마시겠습니다."

　　김구 주석이 건네준 찻잔을 들이마시니 내가 알고 있던 홍차의 맛과는 약간 다르게 훈연 향과 솔잎 향이 입안을 가득 채웠다.

"향이 독특하고 맛있군요."

"이 차가 구라파(유럽)에서 상당히 높은 평가를 받고 유행한다고 들었습니다."

"홍차는 영국에서 많이 마시니, 아마도 영국에서 많이 마실 것 같습니다."

이 자리에 무엇을 하기 위해 온지는 둘 다 잘 알고 있었지만 지금 하는 대화는 친구 집에 차 한잔 얻어 마시러 온 것같이 편하게 서로 말했다.

"영국이라……. 처칠이 작년 미국에 호소했던 말 중에서 한 문장이 기억납니다. '장비를 주면, 우리가 끝장내겠습니다.'였던 걸로 기억합니다."

"그래서 무기대여법이 통과되어 미국으로부터 지원을 받았고, 지금 중화민국도 그 법으로 미국으로부터 원조를 받고 있죠."

"우리 대한민국도 미국으로부터 지원을 받을 수 있다면, 한반도를 일본에서 다시 찾아올 수 있습니다."

본질을 놔두고 대화가 가장자리만 돌아가다 김구 주석이 갑자기 대화 주제를 중심으로 끌고 왔다.

"무기만 있으면 한반도를 되찾을 수 있을 거라 생각하십니까?"

"기미년에 많은 열정적인 사람들이 조선의 독립을 위해서 일어났습니다. 하지만 20년도 되지 않아 그들의 대부분은 떠나갔습니다. 그 후 오랫동안 명색이 한 나라의 정부에서 정부 청사 임대료도 내지 못하고, 함께 일하는 직원들의 월급은커녕 밥도 제대로 챙겨 먹지 못해 아녀자들이 나가 품삯을 벌어와 입에 풀칠하는 게 다반사였습니다. 더러는 구걸까지 했습니다. 그러다 이봉창이란 청년의 생명을 희생함으로써 장제스 주석이 우리에게 관심을 가지고 지원을 해 주었지요. 그래서 지금은 이런 번듯한 청사 건물에서 업무를 보고, 군대를 창설해 훈련하고 있습니다. 우리도 장제스 주석과 같이 미국의 지원을 받을 수만 있다면, 한반도를 독립시킬 군대를 양성해 일본과 제대로 전쟁을 할 수 있습니다."

그는 아주 낮은 목소리로 내게 말했다.

담담하게 말하는 그의 목소리가 역설적으로 더 큰 분노를 느껴지게 했다.

"지원이 있다면 그 모든 게 가능하다고 생각하십니까?"

"충분히 가능합니다."

"후……. 미국이 과연 대한인이란 민족에 대해서 어떻게 여긴다고 생각합니까? 그들은 대한제국이 일본의 무력이 아닌 대한제국의 무능으로 무너졌다고 생각합니다. 그래서 당연히 일본에 지배를 받아야 한다고 얼마 전까지도 생각했던 곳입니다. 그럼 주석께서는 그 미국의 도움을 받기 위해 무엇을 노력하셨습니까? 무력시위? 아니면 장제스에게 도움을 요청하셨습니까?"

애초에 감성에 기대어 설득하려고 했었는데, 그가 대화의 주도권을 쥐고 이야기를 이끌어 나가면서 방향이 틀어져 버렸다.

내가 대화를 주도해야 했지만, 처음 시작을 어떻게 해야 할까 고민하는 사이 주도권을 놓쳐 버렸다.

그래서 나는 조금 더 자극해 이성을 흩트려 놓기로 했다.

지금이 이 판은 내게 불리하니 전체 판을 깨고 다시 짜야 했다.

"외교적인 노력을 해야 한다고 말씀하시는 겁니까? 그것은 이승만 박사가 했던 말과 똑같습니다. 하지만 그의 노력으로 바뀐 것이 있습니까? 그가 한 것은 결국 말뿐이었습니다."

"그의 노선이 틀렸다고는 생각하지 않습니다. 하지만 그의 방법이 틀렸다는 것에는 저도 동의합니다. 그렇다면 주석께서는 장제스를 제외하곤 외교적 노력을 하지 않고 있으신 게 맞습니까?"

"……이런저런 노력을 하고 있습니다."

청산유수처럼 이야기하던 그가 잠시 주춤하면서 말을 했다.

"제가 알기로는 미국에서는 없습니다. 워싱턴 DC에서 대한의 독립에 관련된 외교 활동을 하는 인물은 딱 두 명이 있습니다. 한 명은 이승만 박사이고, 다른 한 명은 윤홍섭 박사입니다. 이 중에 주석의 명령을 받고 일하는 사람은 없습니다. 주석께서는 미국의 무기대여법으로 무기를 빌려 한반도를 공격하겠다고 하시지만, 그 무기대여법을 통해 지원을 받기 위해서는 일단 이 대한민국 임시정부가 미국으로부터 정식 정부로 인정을 받아야 합니다. 불란서佛蘭西(프랑스)도 자신의 땅은 독일에 빼앗겨 영국에서 망명정부를 유지하고 있지만, 그들은 미국에게 동맹국으로 인정을 받고 미국으로부터 무기를 비롯한 전쟁 물자를 지원받고 있습니다."

"제가 미국으로 갈 수는 없어 이승만 박사에게 다시 한 번 구미위원부를 승인하고 외교적인 노력을 하게 만들기 위해 회의를 했는데, 이시영 국무위원을 비롯한 여러 사람이 이승만 박사는 안 된다 반대해 아직 하지 못하고 있는 것입니다."

김구 주석은 성재를 비롯한 이승만의 미국 대사 승인을 반대하는 사람들에게 내가 지시를 한 게 아니냐는 듯한 말투로 말했다.

물론 내가 구미위원회를 이승만 쪽이 아닌 송헌주 쪽으로 이어질 수 있도록 노력하기는 했으니 완벽하게 책임이 없지는 않았다.

하지만 그 효과로 이 대화에서 우위를 점할 수 있었고, 이승만의 미국에서의 활동을 축소할 수 있었다.

"그럼, 영국과 불란서는 어떻습니까? 소련이야 공산주의 국가라서 시도조차 안 했다는 걸 이해하지만, 영국에서는 어떠한 외교 활동도 하지 않고 있지 않습니까? 지금 연합국에서 발언권을 가지고 있는 미국, 영국, 소련 이 세 국가에 대해 어떠한 노력이라도 하셨습니까? 제가 알기로 불란서 정부와는 어떠한 접촉도 없었고, 영국 정부와도 마찬가지입니다. 아닙니까?"

이제 슬슬 이 판을 끝내야 했다. 더 몰아붙일 경우에는 오히려 역효과만 남을 뿐이었다.

불란서에 대한 부분은 접촉에 없었다는 것에 확신이 있었으나, 영국은 약간의 도박을 걸어 넘겨짚어 말했다.

마지막 질문을 던지고 나니 김구 주석은 아무런 대답이 없이 자신의 앞에 놓인 찻잔을 들어 한 모금 마시고 한숨을 내뱉으며 말했다.

"후…… 전하께서는 우리 정부의 30년간의 노력을 단순히 한마디로 평가를 끝내시는 것 같습니다. 그렇습니다. 아직 서방의 국가와 제대로 접촉한 적은 없습니다."

백기 투항은 아니었지만 최소한 이제 이성적인 대화가 가능한 수준까지 판을 만든 느낌이었다.

여기서 더 몰아붙이기보다는 이제 새로 짜인 판 위에서 대화를 해야 했다.

"지금까지 임시정부의 노력을 폄하하려는 뜻은 없습니다. 2천만 동포를 대표해 일제의 불의에 저항하고, 항거한 것은 잘 알고 있습니다. 지금 제가 이곳에 온 이유가 그 임시정부에 부족한 부분을 채워 주기 위해서입니다. 하지만 옛날 초대 임시정부가 내 아버지에게 했던 것처럼은 안 됩니다. 나는 임시정부에서 정당 활동을 할 생각도 없고, 황실을 내려놓을 생각도 없습니다."

내 말에 김구는 동의하지 못한다는 표정으로 말을 꺼내려고 했으나 내가 바로 이어서 말했다.

"물론 그렇다고 대한제국 시절처럼 전제군주로 군림하겠다는 게 아닙니다. 최초 독립 후 과도기 몇 년간 정식 정부가 수립될 때까지만 정치에 관여할 것입니다. 그 이후 황실은 상징적인 의미로 아주 축소된 형태로 남을 것이고, 신분의 고하가 아닌 역할의 위치만 다를 것입니다. 황실 역시 국민으로서의 의무는 모두 수행할 것입니다. 내가 가장 걱정하는 것은 임시정부가 연합국으로부터 인정을 받지 못한 상태에서 독립을 맞이했을 때, 이 나라는 대혼란에 휩싸일 것이라는 점입니다. 지금 미국과 소련에서의 한반도에 대한 생각은 독립국이나 일본의 식민지가 아닌 일본의 영토 중 한 곳일 뿐이란 것입니다. 자신들이 나라를 다스릴 능력도 없는 아주 무능력한 민족이라 일본의 지배를 받는다고 생각합니다. 그런 상태에서 독립을 하게 되면, 우리의 뜻이 아닌 연합국의 뜻에 따라 나라가 만들어질 것입니다. 연합국은 우리나라의 내부 사항에 대해서는 잘 알지 못하니, 그들은 분명 여타의 다른 식민지와 마찬가지로 통치할 것입니다. 연합국은 우리 민족이 자신들을 통치할 능력이 없다고 생각하니 그들은 우리나라에서 그런 경험이 있는 사람들을 찾을 테고, 지금 한반도 안에 그런 경험을 가지고 있는 인물은 민족을 배반하고 일본 제국에 부역하고 있는 부역자들일 겁니다. 그러면 그 부역자들이 정부에서 일하며 자신들의 일제 부역에 대해 정당화할 것이고, 우리가 역사를 청산하는 것을 필사적으로 막을 것입니다. 그렇다면 우리는 역사를 청산하지 못한 채 정부를 만들어 갈 것이고, 결국에는 그들의 부역 행위가 정당화될 것입니다. 그리고 연합국의 대표 격인 영국과 미국 그리고 소련이 과연 하나의 국가를 잘 만들어 줄 것 같습니까? 영국과 미국은 몰라도 소련은 공산주의 국가입니다. 파시즘이라는 공동의 적이 있는 지금은 그들이 손을 잡고 있지만, 공산주의와 자유민주주의는 물과 기름입니다. 절대 섞일 수 없습니다. 그렇게 되면 우리나라 안에서도 자유민주주의 진영을 대표하는 이곳의 임시정부와 공산주의 진영을 대표하는 옌안의 화북조선독립동맹이 서로 자신들의 정부를 만들기 위해 싸울 것입니다. 그렇게 되면 과연 하나의 나라를 만들 수 있을 것 같습니까?"

한참을 말하다 입이 바짝 말라 잠시 말을 멈추고 차를 마셨다.

김구 주석도 내가 한 마지막 말이 질문이 아니라는 것을 잘 알고 있는 듯 내가 더 이어서 말하기만 기다렸다.

"나는 아니라고 생각합니다. 공산주의와 자유민주주의는 갈라질 것이고, 한반도가 두 개의 나라, 어쩌면 영국 쪽까지 더해 세 개의 나라로 쪼개질 것입니다. 연합국의 통치의 편의를 위해서도 그렇게 될 것입니다. 연합국 중 미국과 소련은 식민지와 식민 지배에 대해 부정적이니 그들이 직접 통치하지는 않을 테지요. 독립 직후 과도기 몇 년간 그들이 지배하고, 그 후 우리 민족에 그 지배권을 넘겨주면 좌우가 한반도 내의 정통 정부임을 주장하면 정쟁政爭을 할 것입니다. 그러면 이제 막 독립한 나라에서 좌우를 나눠 서로 죽일 듯 싸움을 할 것이고, 종국에는 서로 정권을 잡기 위해 죽고 죽이는 진짜 전쟁을 할 것입니다. 일본 제국과도 제대로 된 전쟁을 하지 못한 우리나라가 민족을 배신하고 일본 제국에 부역한 이들도 청산하지 못한 채, 우리나라 땅에서 서로를 죽이는 골육상쟁骨肉相爭의 전쟁을 한다는 겁니다. 그 전쟁을 하면 더더욱 부역자들에 대한 청산은 요원할 겁니다. 그렇게 되기를 원하시는 겁니까?"

혼자서 한참을 떠들었고, 김구 주석은 내 말을 끊지 않고 들었다.

김구는 내 말이 끝나고도 한참 동안 아무런 말 없이 나를 바라보다 조용히 말을 꺼냈다.

"그럼 전하께서는 그에 대한 해답을 가지고 있으십니까?

연합국이 우리를 정부로 인정하고, 화북의 조선독립동맹이 우리와 함께 정부를 만들고 한반도 안에 하나의 나라를 만들어 민족 반역자들을 처단할 수 있는 해답을 가지고 있으십니까?"

"임시정부가 황실을 인정하고, 한반도 안의 나라를 황실과 함께 만든다면 가능합니다. 이게 그 해답 중 하나입니다."

내가 가지고 온 서류 중에서 하나를 서류 가방에서 꺼내 김구 주석의 앞에 내려놓았다.

서류는 불란서어와 한글이 함께 쓰여 있는 공문서였다.

"이게 무엇입니까?"

"불란서 망명정부가 우리 황실과 함께하는 임시정부를 정식 정부로 인정하고 동맹 관계를 유지한다는 조약서입니다. 물론 이 내용의 주체는 대한제국입니다."

불란서 정부의 채권을 매입하고 그들의 망명정부를 도와주면서 윤홍섭이 불란서 정부와 교섭해 얻어 낸 서류였다.

대한제국은 지금 없지만, 국호가 아닌 대한제국의 후계자인 나와 함께하는 정부를 한반도 유일의 정부로 인정한다는 서류였다.

김구 주석은 서류에 날인되어 있는 불란서 정부의 직인과 내가 찍은 대한제국 국새 직인을 한참 바라봤다.

"그리고 이것은 북미 대한한인회가 나와 함께한다는 것을 증명하는 서류입니다. 또한, 이것은 이시영 국무위원 겸 재무부장과 지청천 광복군 총사령관, 김원봉 부사령관을 비롯해 임시정부의 인사 중에 저와 함께하기로 한 사람들이 작성한 결의서입니다. 그리고 이것은 경주의 최준 씨가 주석을 만나면 전해 주라던 편지입니다."

그가 불란서 정부의 서류 한 장에 잠시 정신 팔린 사이, 나는 여러 장의 서류를 차례대로 꺼내 놓았다.

내가 꺼내는 서류를 순서대로 보다 최준이 보낸 편지의 이야기에서 그 편지를 손으로 잡았다.

"뜯으셔도 됩니다."

내 말에 김구 주석은 자리에서 일어나 방 안에 있는 책상으로 가서 편지 칼로 편지 봉투를 열었다.

그는 선 채로 편지를 한참 읽고 나서 다시 자리로 돌아왔다.

그 편지에 무슨 내용이 적혀 있나 궁금했으나 참고 기다렸다.

"후…… 우리 임시정부가 눈치채지 못하는 사이에 이미 많은 준비를 하셨습니다. 아니, 국무위원까지 전하의 사람이었으니 우리가 알아채지 못하도록 공작을 하신 겁니까?"

그는 한숨을 쉬고 나서 잠시 고민을 하더니 내게 물어 왔다.

내가 임시정부 내의 친황실파 인물들을 이용해 자신의 눈과 귀를 막은 것이 아닌지 의심하는 것 같았다.

"특별히 공작한 적은 없습니다. 다만 은밀히 진행돼 저를 제외하곤 이 모든 것을 알고 있는 사람은 없었을 뿐입니다. 기밀 유지를 위해 실무자들은 자신이 하는 일과 그 일에 필요한 부분을 제외하고는 몰랐습니다. 제가 가지고 있는 패를 모두 공개한 것은 이번이 처음입니다. 제가 주석을 믿고 공개한 것이니 주석께서도 비밀을 유지해 주셔야 합니다."

물론 모든 패를 공개한 것은 아니었다.

소련에서 공작 중인 것과 제국익문사의 진정한 모습, 블라디보스토크에서 훈련 중인 광무군에 대해선 말하지 않았다.

김구 주석을 설득하는 것도 중요했지만, 비밀 패를 전부 공개할 수는 없었다.

하지만 지금 공개한 이 정보도 김구 주석이 아닌 다른 사람에게 새어 나가 일본의 귀에 들어간다면, 내 목을 찌르는 칼이 되어 돌아올지도 몰랐다.

"이 부분에 대해서는 비밀을 지키도록 하겠습니다. 이 편지를 보니 최준을 비롯해 한반도 내에서 우리 임시정부를 지원해 주는 재력가들은 이우 전하를 지지한다고 적혀 있습니다. 그들도 설득하신 겁니까?"

지금 임시정부의 돈줄은 미국 국민회에서 보내 주는 돈과 한반도의 재력가가 보내 주는 돈이 주였다.

중화민국에서도 돈을 지원해 주고 있지만, 중화민국은 현금을 주는 것보다는 물품과 땅, 임시정부 청사 같은 현물이 주를 이뤘다.

북미 대한인국민회의 성금은 내가, 하와이의 성금은 이승만 박사가 잡고 있었다. 거기다 마지막 돈줄이었던 한반도 내 재력가들의 돈도 최준의 편지를 통해서 내게 넘어온 것이다.

내가 의도한 것은 아니었지만, 임시정부의 돈줄을 틀어쥐고 있는 형태가 되었다.

"그들에게 내 진심을 보였을 뿐입니다. 그 편지에 그런 내용이 적혀 있다는 것도 주석께서 말해서 알게 되었고, 내가 주도한 것은 아닙니다."

"이미 제가 움직일 수 없는 상태를 제가 모르는 사이에 다 만드셨습니다……. 전하께서 외교에 능력이 있으시고, 정부 내에서도 많은 사람이 동조한다는 것은 잘 알겠습니다. 하지만 지금 우리 대한민국의 임시 헌법은 민주공화국임을 천명하고 있습니다. 또한 지금의 대한민국은 1인이 지배하는 대통령제가 아닌 국무위원의 상의로 지배하는 집단 지도체제입니다. 전하의 말처럼 황실을 군주로 인정하는 입헌군주국으로 바꾸기 위해서는 임시 헌법을 개정해야 됩니다. 그 결정도 제가 하는 것이 아닌 국무위원들의 회의를 열어 임시 헌법을 개정하기로 의결하고, 현재 임시정부에 있는 모든 구성원이 참여하는 전체 회의에서 가결되어야 가능합니다. 제가 동의를 한다고 해서 되는 것은 아닙니다. 전하의 뜻은 분명히 전달받았으니 국무회의에서 논의해 보도록 하겠습니다."

"시간이 그리 많지 않습니다. 이미 미국과의 협상이 시작된 상태이기 때문에 빠른 시일 내에 결정을 해 주셨으면 좋겠습니다."

미국과의 협상은 미국 정부가 아닌 OSS와의 협상이었지만, 내게 유리한 정도만 김구 주석에게 공개했다.

실제로 김구 주석도 내가 미국과 협상을 하고 있다고 말하자 눈빛이 바뀌는 게 보였다.

"결정되는 대로 이시영 국무위원이 전하에게 전달할 것입니다."

"제가 생각하기에는 다음 중화민국에서 미국으로 떠나는 정기편에 편지가 실리는 게 가장 좋습니다."

내 말에 김구 주석은 달력으로 눈을 돌려 다음 정기편이 언제 떠나는지 생각했다. 그러고는 다시 나를 보고 말했다.

"4일이 최후 시한인 것 같습니다."

"그 이후라도 괜찮지만, 긴급히 진행하고 있는 사안도 있어 그 안에 주시면 최상일 것입니다."

"알겠습니다. 노력은 해 보겠습니다."

김구 주석과의 대화를 마치고 자리에서 일어나 악수를 했다.

"좋은 결과를 바라겠습니다."

내 말에 내 손을 쥐고 있는 김구 주석의 손에 약간의 힘이 더 들어가는 게 느껴졌다.

"아, 그리고 가장 중요한 것을 잊었습니다. 제가 임시정부에 와 있다는 것은 비밀로 해야 합니다."

김구 주석과 악수를 마치고 자리를 벗어나려다 내가 깜빡한 부분을 기억해 냈다.

나는 지금 일본에서는 죽은 사람일 것이었다.

제국익문사와 의열단의 노력으로 죽은 사람이 되었는데, 임시정부의 법을 바꾸면서 내가 살아 있음이 알려지면 모든 노력이 허사였다.

"전하를 비밀에 부친 상태에서는 임시정부의 사람들이 이해하게 설득할 수는 없습니다."

하지만 김구 주석은 난색을 표했다.

"어디까지 들으셨는지는 모르겠지만, 나는 지금 죽은 사람입니다. 내가 일본제국의 손아귀에서 탈출할 때 죽은 걸로 처리해서입니다. 만약 내가 살아 있음이 알려지고, 임시정부에 합류한 것이 알려지면 곤란해집니다. 경성에 있는 내 가족이 위험해지는 것뿐만 아니라, 경성에서 가지고 오는 돈도 못 가져올 가능성이 커집니다."

대화를 다 마치고 자리에서 일어나려다 생각지 못한 부분에서 다시 대화가 시작되었다.

김구 주석과 나는 서 있는 상태로 대화를 이어 나갔다.

"하지만 그렇게 되면 임시 헌법 개정에 대한 논의 자체를 할 수가 없습니다. 입헌군주제로 개정하기 위해서는 군주가 있어야 합니다."

이 부분에 대해서는 이미 계획을 세울 때부터 고민을 해 가져온 결과가 있었기에 바로 대답했다.

"입헌군주국으로의 변모는 굳이 군주가 없어도 됩니다. 제가 생각한 방법은…… 대한제국의 정통을 계승하는 나라로 간다고 개정하면 됩니다. 군주를 특정하지 않고, 대한제국의 정통 후계자가 있을 경우에는 그를 군주로 하는 국가를 건설한다고 바꾸면 됩니다. 물론 그 정통 후계자가 영친왕을 비롯한 다른 종친들이 되지 못하도록 손을 써 놓았으니, 그 부분은 걱정할 필요가 없습니다. 그렇게 임시 헌법을 개정하고 때가 되면 내가 전면에 나설 것입니다. 어떻습니까?"

내 말에 김구 주석은 잠시 생각하더니 다시 대답했다.

"알겠습니다. 그렇게도 가능할 것 같습니다. 하지만 국무회의에서는 모든 진실을 공개하고 설득할 것입니다. 일본 제국이 임시정부에 밀정을 심어 놓았다고 해도 국무위원 중에는 없다고 제가 보장합니다. 국무회의에서는 모두 공개하고, 헌법 개정을 위한 정부 전체 회의에서는 비공개로 하겠습니다. 어떠십니까?"

"알겠습니다. 국무회의에서 공개하는 것에는 동의하겠습

니다."

김구 주석과의 대화를 마치고 내가 문을 열고 나오니 입구에서 초초하게 나와 김구 주석의 대화가 끝나기를 기다리고 있던 모든 사람의 눈이 내게 쏠렸다.

입구에는 차를 주차하러 갔던 최지헌도 도착해 다른 사람들과 함께 나를 기다리고 있다.

내가 나오자마자 바로 내 옆으로 다가왔다.

"다들 어디 가서 차라도 한잔하면서 기다리지 이리 기다리고 있었습니까?"

"회담이 언제 끝날지 몰라 기다리고 있었습니다. 대화는 유익하셨습니까, 전하?"

내 옆으로 다가온 성재가 내게 말했다.

"저는 유익했는데, 김구 주석께서는 어떻게 느끼셨는지 모르겠군요."

"저도 유익한 대화였습니다."

내 말에 김구 주석이 내 뒤로 와서 서며 말했다.

"그랬다면 다행입니다. 임시정부분들은 이제부터 회의를 하셔야 하니 전 이만 가 보도록 하겠습니다. 성재께서도 국무위원이시니 회의에 참석하시고, 후에 제게 결과를 알려 주세요."

"알겠습니다, 전하."

성재가 내 말에 대답이 나쁘지 않았음을 느끼고, 내게 대답했다.

"그런 이유로 지금 모든 국무위원분을 회의실로 소집해 주세요."

나를 따라 밖으로 나온 김구 주석이 비서로 보이는 젊은 사람에게 말했고, 이어서 몸을 돌려 나를 바라보면서 말하기 시작했다.

"그럼 저는 국무회의가 있어서 멀리 배웅은 힘들 것 같습니다. 다음에 뵙겠습니다."

내게 인사를 건네고 자리를 떠나는 김구 주석을 뒤따라 자리에 있던 임시정부의 사람들도 내게 묵례를 하고는 자리를 벗어났다.

성재도 내게 인사를 하고는 김구 주석을 따라 나갔다.

"그럼 우리도 가 볼까요?"

사람들이 떠나고 내 옆에는 최지헌과 경위대장 한성규만 남아 있었는데, 최지헌에게 내가 말했다.

"제가 입구까지 안내하겠습니다."

남아 있던 한성규가 내게 말했다.

이곳에서 임시정부 입구까지 나가는 것은 어려운 길도 아니었고 거리가 그리 멀지도 않았는데, 한성규는 정중하게 말하고는 먼저 걸어 나갔다.

"제가 먼저 가서 차를 가지고 오도록 하겠습니다, 전하."

최지헌은 내게 그렇게 말하고는 뛰어갔고, 나는 한성규의 뒤를 따라 천천히 임시정부를 벗어났다.

"실례가 많았습니다. 제가 맡고 있는 일이라 이해 부탁드립니다."

최지헌이 가지고 온 차를 타기 전에 한성규가 내게서 가져간 총을 내밀며 말했다.

"경위대장이라면 그 정도 배짱은 있어야지요. 수고하셨습니다."

한성규 경위대장의 배웅을 받으며 임시정부를 벗어났다.

6장

　숙소로 돌아오니 아직 저녁 시간까지는 시간이 많이 남아
있어서인지 1층의 식당은 한산했다.

　식당으로 들어가니 직원이 다가와 인사했다.

　"전하, 이쪽은 지금 화북에서 활동 중인 통신원의 아내가
되는 사람입니다."

　내게 인사하는 그녀에 대해 최지헌이 설명해 주었다.

　"수고가 많으세요. 이 상궁은 어디에 있나요?"

　"여사님은 뒷마당에서 김치를 담그고 있습니다."

　가게에서 손님을 기다리고 있는 그녀를 뒤로하고 뒷마당
으로 나가니 넓은 마당의 한쪽에는 화장실이 있었고, 가운데
우물가에는 이지훈인 내가 어린 시절 시골에 가면 마당에 설

치되어 있었던 펌프가 눈에 들어왔다.

'작두 펌프'라고 불렸던 것 같은데, 이미 그때도 수도가 다 보급돼 실제 사용하는 모습은 본 적이 없는 것이었다.

그 펌프 옆 우물가에는 이 상궁을 비롯해 김치를 버무리고 있는 대여섯 명의 여성들과 그녀들이 담은 김칫독을 정리해서 옮기는 두 명의 남성들이 있었다.

그 옆에서 시월이까지 나서서 김치를 담그고 있었다.

사람들 옆으로는 산더미처럼 쌓인 배추가 눈에 들어왔다.

내가 뒷마당으로 들어서자 김치를 담그고 있던 사람들이 일제히 자리에서 일어나려고 했다.

"일어나지 마세요. 저는 신경 쓰지 마시고, 전부 하던 일을 하세요."

일어나지도 앉지도 않은 자세에서 내 말을 들은 사람들이 잠시 고민하는데, 시월이가 사람들에게 말했다.

"전하께서 하시는 말씀은 진심이시니 그냥 앉아서 하시면 됩니다."

시월이의 말에 다른 사람들은 전부 다시 하던 일로 돌아갔고, 이 상궁만이 양념 묻은 손을 씻고 내게로 다가왔다.

"임시정부에 가신 일은 잘되셨습니까, 전하?"

"글쎄……. 결과가 나와 봐야지 알게 되지 않을까 싶네. 아직은 내가 의도한 대로 흘러가고 있으니, 너무 걱정하지 말게."

이 상궁이 내가 정확히 무슨 일을 하는지는 모르지만 걱정이 돼서 물어봤다.

김치를 한창 담그고 있는 것을 의자에 앉아 구경하고 있으니, 이 상궁이 찻물을 한 잔 타서 가져왔다.

"양이 상당히 많군."

"이렇게 많이 해도 석 달을 못 갑니다. 가게에서 장사도 해야 하고 훈련소에도 보내 주고 하면, 그리 많지도 않습니다, 전하."

이 상궁은 내 질문에 대답하고 나서 내가 더 말이 없자 자신도 다시 김치를 버무리는 곳에 가 김치를 담갔다.

"최 통신원."

"네, 전하."

내 옆에 서서 대기하고 있던 최지헌이 내 물음에 대답했다.

"이곳에서 이 달러를 쓸 수 있나?"

장제스의 경제정책이 실패하고 이후로 중국은 각 지역의 지역 은행들이 발행하는 화폐를 사용해 지역마다 통용되는 화폐가 달랐다. 그래서 품속에 가지고 있던 달러를 꺼내 보여 주며 물었다.

"지금 중국 내에서 공용 화폐는 달러라고 보시면 됩니다. 사용 가능합니다, 전하."

"그럼 사람을 시켜 푸줏간에 가서 돼지고기 좀 끊어 오고,

마실 수 있는 술도 준비하게. 김장하는 날이니 수육이 빠져서는 안 되지. 저녁을 먹으러 오는 사람이 넉넉히 먹을 수 있을 만큼 사 오고, 훈련소에도 넉넉히 먹을 수 있도록 술과 고기를 보내도록 하게."

"알겠습니다, 전하."

"혹시 돈이 모자라는가?"

"아닙니다. 이 정도면 충분히 보내고도 남을 것입니다, 전하."

내게서 돈을 받은 최지헌이 식당으로 들어갔다.

하늘에서 비추는 따뜻한 햇볕 아래에서 눈을 감고 있으니, 세상 편안한 느낌을 주며 빙그레 미소 짓게 만들었다.

따뜻한 햇볕이 붉은색으로 변하고 노을이 질 때쯤 되니 마당은 김장을 마무리하고, 물청소하는 소리로 가득 찼다.

식당에서 나는 수육을 삶는 냄새가 뒷마당을 채웠고, 학교를 마치고 온 아이들의 웃음소리와 김장을 마치고 저녁을 준비하는 소리, 사람들의 웃음소리가 온 건물을 가득 채웠다.

"전하, 저녁 준비가 다 되었습니다."

해가 지고 나서도 시원한 바람을 맞으며 뒷마당에 앉아 있는 내게 이 상궁이 다가와 말했다.

"그래, 들어가지."

몇 시간을 앉아 있던 자리에서 일어나니 허벅지와 무릎에서 작은 소리가 났으나 기분이 좋아서 그런지 그마저도 아프지 않았다.

식당으로 들어가니 이미 식당 안의 탁자에는 사람이 가득 앉아 있었고, 식당 밖에도 나무 의자와 탁자를 놓아 많은 사람이 자리를 채우고 있었다.

이 상궁이 안내한 자리로 가니 심재원 사무를 비롯해 무명사기 이상결 상임통신원을 비롯한 상임통신원 몇 명이 자리에 앉아 있었다.

다른 테이블에도 얼굴을 아는 상임통신원이 자리하고 있었고, 김의환과 그녀의 아내 정정화도 한쪽에 자리해 있었다.

이미 이 상궁이 환영회는 내일 한다고 했고, 나는 김장을 한 김에 수육이나 나눠 먹으면 좋겠다고 생각해 벌인 일이 커져 있었다.

"상당히 많은 사람이 모였군."

"작전을 나가시거나 훈련소에 가신 분들을 제외하고는 다들 오신다고 들었습니다, 전하."

최지헌이 내 말에 대답했다.

"내가 준 돈으로 감당이 되던가?"

"고기를 사기에는 많은 금액을 주셔서…… 중경에 있는 우리 쪽 사람들을 전부 먹이시려는 게 아니셨습니까?"

내가 아직 이곳 물가에 익숙하지 않아 1백 달러짜리를 몇

장 꺼내 준 것이 이렇게 일을 크게 키우리라고는 생각지 못했다.

이 시대에서 직접 돈을 써 본 일이 거의 없어 몰랐는데 그 돈이 상당히 큰돈이었던 것 같다.

"아아, 그래그래, 잘했네."

최지헌에게 말하고 자리에 앉았다.

최지헌은 내가 자리에 앉는 것을 보고 나서 자신도 한쪽에 마련된 자리로 갔다.

모든 자리에 앉은 사람들이 나를 바라보고 있어 뭐라도 한마디 해야 할 것 같아 자리에서 일어났다.

"험험, 일단 모두 앞에 잔을 채우세요."

헛기침하고 말하니 다들 자신의 앞에 있는 술잔에 술을 채우기 시작했다.

우리 탁자에 앉은 사람들에게는 내가 술 주전자를 들고, 한 사람 한 사람 따라 주었다.

술은 어디서 구했는지 중국술이 아닌 탁주가 준비되어 있었다.

모든 사람이 잔을 채우기를 기다렸다가 잔을 높이 들고 말했다.

"이 모든 것을 준비해 주신 대모님께 감사드리고, 고향을 떠나와 이 이역만리에서 고생하시는 여러분들의 노력에 감사드립니다. 대한 독립 만세!"

"대한 독립 만세!"

"대한 독립 만세!"

대학교에 다닐 때 술자리에서 했던 건배사가 떠올라 위하여로 마무리할까 하다 낮에 있었던 김구 주석과의 대화의 영향인지 이 자리에 가장 잘 어울릴 것 같은 말이 머릿속에 떠올라 건배사로 외치며 마무리했다.

내 건배사에 맞춰 이 자리에 모인 사람들의 소리가 건물 전체를 흔드는 느낌이 들 정도로 크게 울렸다.

다행히 제국익문사의 숙소가 있는 곳은 중경의 외곽이라 큰 소리가 나도 주변을 신경 쓰지 않을 수 있어 마음 놓고 크게 외쳤다.

첫 잔을 마시고 내가 음식을 먹기 시작하자, 각 자리에서도 음식을 먹기 시작했다.

"그런데 중국에도 탁주가 있습니까?"

"이 탁주는 대모님이 직접 만든 것입니다. 우리나라 사람의 입에는 탁주가 가장 맛있는 술이라고 하시며 항상 만들어 두시는 겁니다, 전하."

같은 자리에서 술을 마시고 있던 심재원이 웃으면서 대답했다.

"술까지 만드신다고요? 그래서 요원들이 대모님을 좋아하는가 보군요."

"술뿐 아니라 경성에 계실 때부터 요원들을 챙기셨으니,

상임통신원 이상의 본사 요원들은 대모님을 어머님과 같이 생각합니다, 전하."

심재원의 말을 듣고 나니 한쪽에서 각 자리의 음식을 확인하며 떨어진 곳은 주방에 이야기해 채우고 있는 이 상궁에게 눈이 갔다.

한참 음식을 먹고 있을 때 입구 쪽에서 몇 사람이 들어오면서 감탄했다.

"아니, 오늘 무슨 날입니까? 환영회는 내일 한다고 들었던 것 같은데⋯⋯."

입구의 소리를 듣고 바라보니 약산 김원봉과 그 뒤로 의열단원 몇 명이 들어오면서 말했다.

"아아, 약산, 어서 오세요. 이쪽으로 앉으세요."

"저녁이나 먹을까 해서 왔더니, 잔치가 벌어지고 있었습니다."

"오늘이 김장하는 날이고 해서, 갓 담근 김치와 고기를 먹는다는 게 일이 커졌어요. 약산도 함께 드세요."

내가 말하자 옆 사람들이 조금씩 좁혀 앉고, 최지헌이 가지고 온 의자를 넣어 약산의 자리를 마련했다.

다른 의열단원은 식당 야외의 빈자리에 앉았다.

"이 동지가 오고 나서 제국익문사가 활기를 띠는 느낌이오."

"제가 왔다고 달라지겠어요? 원래 다들 활기찼을 텐데 기회가 없었을 뿐입니다."

김원봉이 자리에 앉자 잔을 채우고 다시 마시기 시작했다.

밤늦게까지 이어진 술자리는 결국 담가 놓았던 탁주가 다 떨어지고 나서야 끝이 났다.

༺ᚖ༻

탁주를 많이 마셔서인지 아침에 눈을 뜨니 머리가 지끈거리는 것은 어쩔 수 없었다.

침대에서 일어나니 탁자 위에 세숫물이 놓여 있었다. 세숫물로 간단히 세수하고 있으니, 시월이가 문을 열고 들어왔다.

"전하, 꿀물을 가지고 왔습니다."

세수를 마치고 탁자 위에 놓여 있는 꿀물을 마시고, 시월이에게 말했다.

"시월아, 어제 몇 시쯤에 끝났었지?"

"저도 정확한 시각은 잘 모르겠습니다. 늦은 시간까지 드시다 탁주가 떨어져 끝난 것으로 알고 있습니다, 전하."

"장사를 해야 하는 술을 다 먹은 것이 아닌가?"

어제 다 함께 먹을 때는 아무 생각 없이 먹었는데, 아침에 일어나니 떨어진 탁주가 약간 걱정돼 시월이에게 물었다.

"안 그래도 이지현 여사님께서 오늘 저녁 환영회를 위해 준비해 놓은 탁주를 다 먹어 고민하고 계셨습니다, 전하."

"부족한 것은 심재원 사무에 준비할 수 있게 요청하고, 꼭 탁주가 아니라 중국술이라도 괜찮다고 전해라. 다른 것은 없느냐?"

"어제 임시정부의 국무회의가 어제저녁부터 계속되었고, 오늘 아침에서야 끝났습니다. 그리고 오후부터는 모든 임시정부의 사람이 참여하는 전체 회의가 열린다고 합니다, 전하."

임시정부의 일정이 예상보다 더 빨리 진행되고 있어서 만족스러웠다.

사실 처음 미국으로 편지 답장을 해야 한다고 이야기했던 건 빨리해 줬으면 좋겠다는 것이었지 그 시간 안에 가능하리라고는 생각하지 않았다.

그런데 이 정도 회의 속도라면 가능할지도 모르겠다는 생각이 들었다.

숙취에 피곤한 몸을 이끌고 1층으로 내려오니 곳곳에 사람들이 어제의 술판을 알려 주듯 해장국을 먹고 있었다.

나도 한 자리를 차지하고 콩나물 해장국을 먹었다.

"시월아, 아직 국무회의의 결과에 대해서는 들은 것이 없느냐?"

함께 아침을 먹고 있던 시월이가 급히 입에 있던 것을 넘기고 대답했다.

"정확한 이야기는 아직 알지 못하나 사무소에는 본사에서 수집한 내용이 있을 것입니다. 식사를 마치시면 가지고 오도록 하겠습니다, 전하."

"아니야. 밥 다 먹고 나면 함께 사무소로 가도록 하자."

내가 특별히 할 수 있는 일이 없었고, 마냥 숙소에서 기다리니 더 초조해지는 기분이라 아침을 다 먹고 산책 삼아 걸어 사무소로 갔다.

1층 정비소에는 몇 대의 차량이 정비를 위해서 기다리고 있었다.

정비사들의 인사를 받으며 사무실로 들어가 2층으로 올라갔다.

2층에는 심재원 사무를 비롯해 세 명이 일을 하다 내가 들어서니 일어나 인사했다.

"전하께서 직접 어인 일이십니까?"

"다들 나 신경 쓰지 말고 일하세요. 임시정부 회의 내용에 대해서 들어온 것은 없나요?"

다른 직원들은 내 말에 다시 자리에 앉아 업무를 봤고, 심재원 사무만 내게 다가왔다.

"아직 확정된 정보는 없습니다. 이것은 본사 요원이 국무회의를 마치고 나오는 국무위원들의 면면을 확인한 보고서입니다, 전하."

국무위원 회의 보고서

아직 이시영 재무부장 겸 국무위원과는 접촉하지 못함.

-주석 김구

국무회의 종료 후 굳은 얼굴로 회의장을 빠져나옴. 회의 후 임시정부 전체 회의를 소집한 뒤 주석실로 이동함.

-내무부장 조완구

국무회의 종료 후 군무부장 조성환, 법무부장 박찬익과 무언가 대화하며 빠져나감. 표정의 변화는 거의 없음.

-외무부장 조소앙

재무부장 이시영과 비서장 차리석과 대화하며 빠져나감. 상당히 상기된 표정임.

-군무부장 조성환

-법무부장 박찬익

두 사람 모두 내무부장 조완구와 대화하면서 빠져나감. 별다른 특징은 보이지 않음. 특별히 상기되거나 흥분된 느낌은 없이 평범함.

-재무부장 이시영

-비서장 차리석

채무부장 이시영과 비서장 차리석은 외무부장 조소앙에게 무언가 설득하는 듯이 대화를 하면서 국무위원실로 이동함.

종합적으론 조완구, 조성환, 박찬익은 중립, 김구, 차리석, 이시영은 찬성, 조소앙은 반대하는 것으로 사료됨.

표정을 분석해 나온 결과로 참고 자료로만 활용을 요함.

아직 별다른 전자 기기가 없는 상황에서 오늘 오전에 끝난 국무회의의 국무위원의 표정에 대해 벌써 확인한 제국익문사의 정보력에 놀라며 글을 다 읽고 나서 심재원에게 물었다.

"혹시 국무위원들의 성향이나 권력 관계도 같은 것이 있나요?"

"현재 작성해 놓은 것은 없으나, 제가 구술로 설명하겠습니다, 전하."

심재원은 내게 말하고 나서 사무실에 업무를 보던 요원에게 무언가 지시했고, 그 요원이 금방 사진 몇 장이 들어 있는 서류철을 가져왔다.

"혹시 이번 안건의 통과에 대해서 궁금하신 것입니까, 전하?"

"그래요."

"그럼 제가 간단히 설명을 드리겠습니다, 전하. 이쪽 이 사진은 내무부장 겸 국무위원 조완구입니다. 호는 우천藕泉, 대한제국 시절 내무부의 일원으로 근무했었습니다. 대한제국 시절에는 성재 이시영 재무부장과는 직급의 차이로 가깝지 않았으나, 후에 임시정부에 활동하며 같은 내무부에서 근무했던 인연으로 이시영 재무부장과 친분을 유지했습니다. 그리고 이것은 이시영 재무부장에게 확인한 것으로, 그와 접촉하기 이전부터 그는 왕정주의자로 알려져 있었습니다. 아직 그가 주장하는 왕정이 의민 태자 전하를 말하는 것인지는 확인하지 못했습니다."

내무부장 조완구는 나에 대해 찬성했으면 했지 특별히 반대할 만한 인물로 보이지는 않았다.

이미 성재가 나의 존재에 대해 국무위원들에게 알려 놓은 상태이고, 포섭에도 노력을 기울인 것으로 알아 그는 내 편으로 보였다.

"그리고 군무부장 조성환과 법무부장 박찬익 역시 우리 쪽에 가까운 인물들로, 전제적 왕정에는 반대하나 입헌군주국으로서의 왕정에는 동의하는, 비교적 온건파로 나뉘는 사람들입니다. 그리고 차리석 비서장의 경우는 김구 주석의 심복으로 분류되고, 김구 주석이 우리 쪽으로 힘을 실어 준다면 그 역시 우리 쪽에 힘을 실어 줄 것입니다."

마지막 한 사람 조소앙이 남았는데, 심재원은 잠시 숨을 고르고 마지막 조소앙의 사진을 올려놓았고 말했다.

"이 사람이 조소앙趙素昻으로 본명은 조용은趙鏞殷, 대한제국 시절 성균관에 당시 최연소 유생으로 수학하였고, 대한제국의 지원을 받아 '황실 특파 유학생'으로 일본으로 유학을 갔습니다. 메이지 대학 법학과를 졸업해 임시정부에서 헌법 쪽으로는 독보적인 사람입니다. 그가 만든 삼균주의는 지금의 임시정부 임시 헌법의 근간을 이루는 것으로, 헌법 부분에서는 타의 추종을 불허하는 인물로 알려져 있습니다. 과거 왕정주의자로 분류된 적이 있으나, 지금은 왕정에 대해 부정적인 것으로 분류되고, 국무회의에서 우리에 반대할 것이 분명한 사람입니다. 그를 설득하는 것이 이번 일의 가장 중요한 부분이라고 생각됩니다, 전하."

조소앙의 삼균주의는 나도 잘 알고 있는 것이었다.

역사를 배우며 자주 언급되던 것으로, 대한민국의 근대화에서 근간이 된 이념으로 공부했었다.

헌법을 잘 알고 있는 사람을 결국 설득하려면 정치 이념이나 헌법 이념으로 그를 설득해야 한다는 것인데, 너무 어려웠다.

"결국 이 사람이 모든 열쇠를 쥐고 있다는 것인가요?"

"그럴 것 같습니다. 지금 임시정부의 체제가 주석제이기는 하나, 국무위원들과 회의해서 결정하는 집단지도체제에 가깝습니다. 그런데 가장 큰 문제는 이때까지 결정 사안에서 조소앙이 반대한 것이 통과된 경우는 거의 없었다는 점입니다. 물론 이시영 재무부장이 아직 한 번도 극렬하게 반대한 적이 없어 정확한 판단은 힘듭니다. 조소앙이 임시정부의 헌법의 정신적 지주라면, 이시영 재무부장은 임시정부의 아버지 같은 역할입니다. 실질적으로 수십 년간 임시정부가 유지될 수 있게 돈을 조달한 것은 이시영 재무부장의 역할이 8할 이상이라, 그의 말을 쉽게 무시하지는 못할 것입니다. 너무 심려치 마십시오, 전하."

김구 주석에게 안 좋은 인상을 주지 않기 위해 일을 빠르게 진행한 게 이 부분에서는 내게 독이 되었다고 생각됐다.

　물론 내가 먼저 조소앙을 만나 설득했다고 해도 설득에 성공할지, 또 김구 주석이 그것을 알고 나와 반대 노선으로 설지는 아무도 모르는 것이다. 하지만 그를 한번 만나 보지 않은 것을 약간은 후회했다.

　하지만 이미 지나간 일은 후회해 봐야 소용없었고, 지금부터 내가 해야 할 일을 생각해야 했다.

　"지금 임시정부의 전체 회의는 어떻게 진행되는가요?"

　"임시정부에서 가장 큰 대회의실에 모여 외부에 나가 있는 사람을 제외한 모든 인원이 모여 결과가 나올 때까지 회의를 진행합니다, 전하."

　임시정부의 모든 인원이 모여서 회의를 진행한다는 것이 신기해 되물었다.

　"그 많은 인원이 모여서 회의할 수가 있나요? 결정은 어떤 식으로 하는 건가요? 투표로 결정하나요?"

　"전체회의가 열리는 경우는 잘 없으나, 과거의 사례를 찾아보면 임시 헌법을 수정할 때에는 모든 참가자 중에서 반대가 나오지 않을 때까지 토론을 했던 것으로 들었습니다, 전하."

　반대가 나오지 않을 때까지 토론을 한다라…….

　상당히 비효율적인 방법이지만, 소수의 의견을 무시하지

않는다는 의미에서 대단하다고 느껴졌다.

하지만 특정한 일에 관해서 결정하기가 너무 힘든 방법이라 국가를 운영할 때에는 무리가 있는 방법이라는 생각이 들었다.

"그럼 그들은 식사도 하지 않는 것인가요?"

조소앙과 접촉할 방법을 찾아야 했다.

국무회의에서는 내 정체에 대해서 공개하고 회의를 진행했는데, 전체 회의에서는 나를 특정하지 않고 회의를 진행한다. 그러니 최소한 국무위원들이 만장일치로 동의한 상태에서 전체 회의에서 설득해야지 가능할 것으로 느껴졌다.

"점심은 회의장에서 간단히 주먹밥으로 해결하고, 오후 6시가 되면 전체 회의는 끝이 납니다. 그러면 각 국무위원과 참석자들은 집으로 돌아가고, 다음 날 아침 8시부터 다시 회의를 재개합니다, 전하."

오후 6시부터 다음 날 아침 8시까지는 충분히 조소앙과 접촉을 할 수 있는 시간이 나와 바로 내가 심재원에게 말했다.

"그럼 제가 직접 설득할 테니 일단 성재를 통해 조소앙과의 만남을 주선하세요."

"직접 말씀이십니까?"

"그를 설득해야 좋은 결과가 나올 테니 만나 봐야지요."

나는 전체 회의가 진행되었다고 해서 쉽게 결정이 날 거라 생각하고 있었는데, 심재원과 이야기하다 보니 내 그런 생각은 가차 없이 부서졌다.

국무회의에서 다수로 설득한다 해도 조소앙이 끝까지 반대할 경우에는 임시 헌법을 수정하는 데 힘이 든다.

특히 내 쪽에 찬성하지 않는 인물들이 조소앙을 중심으로 모여들 경우는 내게 불안 요소가 될 수도 있었다.

새싹일 때부터 그를 설득해 내 편으로 만들든지 아니면 뿌리부터 뽑아 버려야 했다.

물론 그를 암살하거나 위해를 가하려는 것은 아니었지만, 최소한 그의 임시정부에서 영향력을 약화시킬 필요는 있었다.

심재원에게 지시하고 나서 제국익문사의 사무실에 있는 임시정부 헌법에 관련된 자료들과 조소앙의 삼균주의에 대한 서류를 찾아 살펴보았다.

그와 대화하기 위해서는 벼락치기이지만 공부할 필요가 있었다.

"전하, 오늘 전체 회의가 끝났다고 합니다. 이시영 재무부장에게 전하의 뜻을 전달했으니, 금방 답장이 올 것입니다. 전하."

"수고했어요."

서류를 한참 찾아보다 의외의 곳에서 아버지 의친왕 이강의 이름을 발견했다.

조완구의 세부 자료에서 그의 러시아 활동과 블라디보스

토크에서 결성한 동지사同志社라는 항일 단체를 의친왕 이강과 제국익문사의 블라디보스토크 사무소가 지원했었다는 것이었다.

그 부분에서 왜 그가 왕정주의자로 활동하고 있는지 어느 정도 짐작할 수 있었다.

의친왕의 손이 도대체 어디까지 뻗어 있는 것인지 의아해질 정도로 상당히 많은 인사와 교류가 있었다는 게 느껴졌다.

"심재원 사무는 조완구의 서류를 살펴본 적이 있나요?"

심재원이 내게 조완구에 관해서 설명을 하면서 그가 의민태자를 지원하는 것인지 확신이 서지 않는다는 말이 이상해 심재원에게 물었다.

"네, 읽어 본 적은 있습니다. 의친왕 전하와의 교류를 이야기하시는 것 같은데, 기미년 이후로는 저희와 의친왕 전하와의 교류가 없어 그의 입장을 확신하지 못해서 정확히 확인된 부분에서만 말씀드렸습니다. 과거 의친왕 전하와의 교류를 생각하면 그 역시 우리 쪽 사람일 수도 있습니다. 아직 전하께서 오시지 않았고, 긁어 부스럼을 만들 이유가 없어 확실하게 확인을 해 보거나 하지는 않았습니다, 전하."

내가 자신을 혼낸다고 느낀 것인지 그는 긴 이야기를 한번에 내게 했다.

물론 내가 그를 혼내거나 한 것은 아니었다. 단지 서류에 이런 내용이 있어 알고 있는지 확인한 것일 뿐이었다.

"그럼 나중에 제대로 한번 확인해 보세요. 그리고 연락은 아직인가요?"

"이시영 재무부장이 이쪽으로 오고 있다고 합니다, 전하."

내 질문에 대답하려다 사무실의 다른 요원이 전화를 한 통 받고 심재원 사무에 가서 귓속말을 했고, 심재원은 그 내용을 내게 알려 주었다.

"조소앙과 함께 오는 것인가요?"

"거기까지는 파악되지 않았습니다. 하지만 함께 올 가능성도 배제하지는 않고 준비하시는 게 좋을 것 같습니다, 전하."

심재원의 말에 옆에 있던 시월이가 내 겉옷을 챙겨 내 옆에 섰다.

시월이는 혹시 조소앙이 함께 오는 것이라면 외투를 입어 더 격식을 차릴 수 있게 준비하고 있었다.

내 특별한 지시 없이도, 시월이를 비롯해 사무실의 모든 사람이 손님 맞을 준비를 했다.

"전하, 송구스럽지만 혹시 조소앙이 함께 올 수도 있으니, 2층에는 외부인이 보면 안 되는 서류가 많아 1층의 사무실에서 만나시는 것이 좋을 것으로 생각됩니다, 전하."

"그렇게 하지요."

심재원의 부탁에 자리에서 일어나 시월이가 준비한 외투

를 입고, 1층의 정비소 사무실로 내려갔다.

내가 사무실로 내려가자 나보다 먼저 내려온 요원들이 밖에서 보이는 곳을 천으로 가려 바깥에서 볼 수 없도록 준비하고 있었다.

1층은 2층의 사무실과는 분위기가 달랐다.

2층이 일반 회사의 영업팀 같은 느낌을 주는 서류가 쌓여 있는 사무실이었다면, 1층은 정비에 사용하는 공구들과 부품들이 쌓여 있고 기름통도 쌓여 있어서 기름 냄새가 사무실을 가득 채웠다.

그 가운데 소파와 탁자가 놓여 있었는데, 창문 밖을 보지 않고 사무실 안만 봐도 이곳에 정비소라는 것을 쉽게 알 수 있었다.

"도착했습니다. 조소앙 외무부장도 함께 왔습니다, 전하."

창문에 천을 붙이고 남은 작은 틈으로 밖을 주시하고 있던 심재원이 내게 말하고는 자신은 밖으로 나가 손님맞이를 했다.

문 뒤로 여러 사람이 인사하는 소리가 들리고 나서 문이 열리며 여러 사람이 걸어들어 왔다.

내가 얼굴을 알고 있는 사람들 사이에 처음 보는 인물이 한 명 있었기에, 그가 조소앙임을 알아챘다.

"만나 뵙게 되어 반갑습니다, 이우입니다."

약간 벗겨진 머리를 정돈되게 빗어 넘기고 콧수염과 검은색 안경이 인상적인 그에게 다가가 손을 내밀면서 말했다.

"소앙 조용은입니다. 저도 만나 뵙게 되어서 영광입니다, 전하."

조소앙은 내가 내민 손을 잡기를 잠시 망설이다 손을 맞잡으며 고개를 숙여 인사하는 이상한 인사를 했다.

"편하게 하셔도 됩니다. 일단 앉아서 이야기하지요. 성재께서도 이쪽으로 와서 앉으세요."

나에 대해서 국무위원 중 가장 반대한다고 예상되는 인물이었는데, 실제 나를 대하는 그의 태도는 상당히 경직되어 있었다.

그가 대한제국 시절에 성균관을 다녔고 유학을 깊이 공부했다는 게 생각났는데, 아무래도 내가 왕족이라 부담스러운 것 같았다.

"임시정부에서 황실에 대한 승인을 반대한다고 들었어요. 그래서 제가 이야기해 보기 위해서 이 자리를 마련했습니다. 괜찮지요?"

내가 그에게 반말을 해야 하는지 존댓말을 해야 하는지 잠시 생각하다 결국에는 반말과 존댓말을 섞어서 말했다.

"괜찮습니다. 저도 전하를 만나 뵙고 제 의견을 설명해 드릴 필요가 있었는데, 이성재 재무부장이 먼저 말해 줘서 다행이라고 생각했습니다."

"제가 듣기로는 임시정부의 황실 인정에 대해서 반대한다고 들었습니다. 맞나요?"

시월이가 차를 앉아 있는 사람 수에 맞춰 세 개를 내려놓을 때 조소앙에게 물었다.

"그렇습니다."

긴 답변은 아니었지만, 앞서 허둥지둥했던 모습과는 다르게 단호하게 대답했다.

"제가 어떤 제안을 했는지는 다 들으셨나요?"

너무나도 단호한 대답에 조소앙이 아닌 성재를 바라보면서 물었다.

"국무회의에서 전부 다 이야기했었습니다, 전하."

성재가 내 질문에 대답하고 나자 조소앙이 바로 이어서 말했다.

"전하께서는 제가 제안의 내용을 잘 모르고 반대한다 생각하시는 것 같은데, 그런 것은 아닙니다. 저 역시 지금 황실과 함께하면 민중의 지지를 받는 게 지금보다 훨씬 유리할 것을 잘 알고 있습니다. 하지만 제가 그 모든 상황을 알면서도 황실을 인정하는 일을 반대하는 것에는 명확한 이유가 있습니다. 이 나라가 전 세계의 시류時流에서 빠져 동떨어지고, 일본의 지배를 받게 된 데에는 황실이 있었기 때문입니다. 다른 나라가 서양과 교류를 하면서 발전하고 있을 때, 이 나라는 조선 전기에 가지고 있던 좋은 의사 결정 방법이 아닌 세도 정치勢道政治…… 말도 안 되는 의사 결정 방법에 의해, 몇 몇 사람에 의해 이 나라가 망가졌지요. 결국 나라가 망가지고 나서 생긴 책임은 모든 인민이 짊어지고 있습니다."

"제가 김구 주석에게도 말했지만…… 황실은 처음 과도기 몇 년간 나라의 기초를 닦은 이후 나라의 상징으로 남을 뿐이라고 이미 말씀드린 것으로 알고 있는데 아닌가요?"

"그 부분도 들었습니다. 하지만 황실이 가지는 의미가 너무나도 크기 때문에도 반대합니다. 군주의 문제가 아닌 황실을 둘러싸고 있는 인척, 황실 종친들이 문제였습니다. 황실은 상징으로 남는다고 하지만, 황실이 잔존하면 그 인척들 역시 잔존하면서 그 권력을 이용하려 들 것입니다."

"이 사람아, 내가 아까부터 이야기했지만, 황실은 아무런 권력이 없이 상징적으로 유지될 것이라고 이야기하지 않았나. 그 부분에 대해서는 여기 계신 이우 전하와 의친왕 전하께서도 직접 약속한 일일세."

조소앙의 말에 옆에 앉아 있던 이시영이 조소앙을 타이르듯이 말했다.

"재무부장님께서 말씀하신 부분에 대해서도 들어서 알고 있지만, 황족은 황족입니다. 이 나라 인민들의 머릿속에 남아 있는 정신적인 유산만으로도 해방된 나라에서 황족이란 이유로 아무런 검증도 없이 정치의 중심에 들어갈 것이란 것도 충분히 예상 가능한 부분입니다. 그런데 만약 황실을 인정하기까지 하면 황족이 정치에 관여하는 부분이 더욱 커질 것입니다. 입헌군주국 아래 군주 본인은 정치에 관여를 하지 않겠다고 하지만, 황실 종친이 정치의 중심에 들어오는 것은 불 보듯 뻔합니다. 그렇다면 결국에는 과거의 조선과 달라지는 것이 무엇입니까?"

조소앙이 지목하는 부분은 나도 고민을 하는 부분이었다.

황실 안에 의친왕 같은 사람만 있어 해방된 조국에서는 자신들이 나서면 안 된다고 생각해 관여하지 않는다면 모르겠으나, 관여하기 시작하면 막을 방도가 필요했다.

망국의 책임이 있는, 특히나 지금 일본에 빌붙어 호의호식하는 종친이 다시 해방된 조국에서도 황족으로 대우를 받는 것은 나 역시 반대했다.

조소앙이 무엇 때문에 반대하는지 확인했고, 그를 어떻게 설득해야 할지 알게 됐다.

"저도 그 부분에 대해서 생각은 했었습니다. 이것은 저 혼자 고민한 생각이기는 하지만 말할게요. 저 역시 황실 종친들의 문제로 고민했었습니다. 2천만 동포가 힘들게 사는 지금에도 황실 종친들 중 일부는 일본으로부터 귀족 작위를 받고, 오히려 그들에게 충성을 다하며 우리 동포들의 고혈을 빨고 있습니다. 저 역시 그들이 해방된 조국에서 권력을 가진다는 것 자체가 말이 안 된다 생각해요. 하지만 그것은 황실 종친에만 국한된 이야기가 아니고, 모든 일제 부역자들에게 적용되는 말입니다. 그 부분은 민족 반역자에 대한 법을 만들어 그들이 공직자나 군인이 되는 것을 원천 봉쇄할 것이며, 그들이 그 죄에 해당하는 처벌을 받은 이후에도 그들의 피선거권은 박탈할 것입니다. 피선거권이 헌법에 보장되는 기본권이기는 하나 민족 반역자들에게 똑같은 헌법이 적용되지는 않을 것입니다. 그리고 걱정하셨던 종친에 대한 부분도…… 황실이라 하면 당대의 군주와 그 군주의 직계가족에 국한될 것입니다. 종친과 황족이라는 이름으로 생길 수 있는 문제에 대해서는 국민의 손으로 뽑은 국민의 대표자 아래에 따로 사정 기관을 두어서 예방할 생각입니다. 이 정도면 황실과 황실의 일원이란 말로 종친들이 정치를 농단壟斷하는 일은 생기지 않을 것으로 생각하는데 어떤가요?"

이전부터 고민했던 말을 조소앙에게 했다.

물론 아직 정확하게 법률적으로 만들어진 것도 아니고 앞으로 많은 토의를 거쳐서 명문화가 되어야 하는 부분이지만, 우선 골자가 되는 부분을 설명했다.

"전하께서 그렇게까지 생각하시는 줄은 몰랐습니다. 혹시 가능하시다면 그 내용을 문서로 남겨 주실 수 있으십니까?"

조소앙은 내 말에 조심스럽게 대답했다.

옆에 앉아 있는 성재는 무언가 마음에 들지 않는 눈치였으나, 별다른 말 없이 앉아 있었다.

"좋아요. 제가 국새를 찍은 정식 문장을 만들어 드리지요."

내 말에 종이 두 장을 가지고 왔고, 내가 앞서 이야기했던 것을 정리하기 시작했다.

잠시간의 시간이 흐르고 두 장의 서류가 완성되자 나와 조소앙 앞에 내려놓았다.

"확인해 보세요."

조소앙과 나는 서로 앞에 있는 서류의 내용을 확인했다.

앞서 내가 이야기했던 부분에 대해 심재원이 잘 정리해 놓았고, 금방 확인이 끝났다.

"이 정도면 될까요?"

"넘칠 정도입니다. 감사합니다."

"시월아, 내 가방 좀 주거라."

시월이가 넘겨준 가방에서 옥새를 꺼내어 양쪽의 종이에 찍었다.

그리고 두 장의 종이를 나란히 놓아 국새를 찍어 계약서의 양식과 똑같이 양쪽 서류가 동시에 작성되었음을 표시했다.

"조소앙 외무부장께서도 이쪽에 수결手決해 주세요."

내 말에 조소앙도 내가 찍은 도장 옆에 자신의 호인 '소앙 素昻'이라고 한문으로 작성했다.

그리고 그 역시 마지막으로 양쪽 종이를 나란히 붙여 놓은 상태에서 수결했다.

"이 문서는 대한제국의 공식 문서로 보관될 것이며, 독립 이후 법을 만들 때에 구속력이 있는 문서로 사용될 것입니다."

조소앙의 수결을 마치고 서류를 받아 든 심재원이 한 장의 서류는 조소앙에게 주고, 다른 한 장의 서류를 봉투에 넣고 나서 선언하듯 말했다.

"그럼 내일 회의에서 임시정부에서 황실을 인정하는 데 동의해 주세요. 이미 김구 주석에게 들어 알고 있겠지만, 2일 후까지 결정이 되면 미국에서 진행 중인 일에 차질이 없을 것으로 생각되니 잘 부탁드려요."

"저 역시 전하를 반대하는 것은 아니었습니다. 단지 과거의 역사가 그러했기 때문에 우려되는 일이라 반대했을 뿐입니다. 저도 이 나라의 독립을 간절히 바라는 사람이고, 그 길이 될 수 있는 전하에게 걸림돌이 되었던 것 같아 사과드립니다."

"조소앙 같은 분들이 있어야지만 국민을 대변하는 정치에 대한 감시자도 있는 것입니다. 걸림돌이라 생각하지 마세요."

대화를 마치고 조소앙도 자신의 서류를 갈무리하면서 자리에서 일어났다.

"저녁 시간이 다 되었는데, 함께 저녁을 드시는 것은 어떤가요?"

"전하, 말씀은 감사하지만, 내일 이 안건에 찬성하려면 돌아가 저를 지지한 사람들에게 설명하고 설득해야 하기 때문에 식사는 힘들 것 같습니다."

"그런 것이라면 제가 잡으면 안 되겠군요. 그럼 나중에라
도 식사를 한번 하시죠."

"감사합니다, 전하."

조소앙이 나가고 나자 이시영이 그를 배웅하고 나서 내게
다가와서 말했다.

"그리 나쁜 사람은 아닙니다. 단지 자신이 세운 원칙에 대
해 철저하게 지키는 사람이라 그런 것이니 너무 심려치 마십
시오, 전하."

내가 그를 설득하며 정식적으로 피로를 느꼈을 거라 생각
한 듯했다.

"아닙니다. 그와 같이 원칙을 중요시하는 사람이 더 좋습
니다."

"하지만 전하께서 너무 많이 양보하셨습니다. 전하의 뜻
이지만, 황실이 너무 많이 내려놓으면 독립 이후에 정국의
중심을 잡기가 힘들 것입니다, 전하."

조소앙과의 대화 중에 그의 표정이 좋지 않았던 게 이것
때문인 것 같았다.

"헌법을 제정하면서 더 이야기할 것이지만, 황실은 중심
을 잡는 역할만 하고 그 이후에는 국민의 손으로 뽑은 지도
자들이 나라를 이끌어 나갈 거예요. 이 정도를 가지고 양보
라고 생각하지도 않으니 걱정하지 마세요."

전지전능했던 황제에서 모든 권한을 정치권에 넘기는 황제로 내려온 것이지만, 이것이 양보라고 생각지 않았다.

이 나라를 이 꼴로 만든 게 황실이었고, 그것은 어떠한 미사여구를 붙여도 바꿀 수 없는 부분이었다.

하지만 독립운동을 할 때조차 이념의 대립이 강한 지금의 상황에서 황실까지 없애고 나 역시 하나의 독립운동가로 돌아가기에는 걸리는 게 많았다.

그 뒤에 이어질 조국이 어떻게 될지 잘 알고 있었기에, 이미 없어진 나라의 황실을 붙잡고 갈 수밖에 없었다.

그래서 사정 기관으로 황실과 종친을 감시하거나, 종친 중에서 귀족 작위를 받았던 사람들에 대해 정치 활동을 제한하거나 공직으로 진출을 막는 것은 양보라고 할 것도 되지 못했다.

"안 그래도 이 상궁이 환영회 준비를 성대히 했다고 들었는데, 성재는 함께 저녁을 먹으러 가지요."

"저도 그리 들었습니다. 근데 어제 제가 회의를 하는 사이에 벌써 성대하게 잔치를 하셨다고 들었습니다, 전하."

"하하, 잔치까지는 아니고, 김장을 담고 있기에 수육을 해 먹는다는 게 일이 커져 그리됐어요. 일부러 성재를 빼고 한 것은 아니니 절 미워하진 마세요."

"제가 어찌 감히 전하를 미워하겠습니까? 전 비서에게 전해 들은 말을 한 것일 뿐입니다, 전하."

내 농담에 성재는 바로 대답했으나, 그의 목소리에서 왠지 서운함이 느껴지는 것 같았다.

　자신은 내 목소리를 대변하기 위해서 노력하고 있을 때 내가 맛있는 음식을 먹으며 술을 마셨다는 것에 서운한 감정을 가진 것처럼 느껴졌다.

　물론 70이 넘은 노인이 고작 그런 것에 서운한 감정을 느낀다는 게 사실이 아닐지 몰랐으나 내 미안한 감정 때문인지 그렇게 느껴졌다.

　"어제는 고기와 김치뿐이었고 오늘은 이 상궁이 맛있는 것을 많이 준비하였다니, 기분 푸시고 맛있는 것을 먹으러 가시죠."

　성재에게 미안한 마음이 있는 만큼 활기차게 말하고 사무실을 나섰다.

7장

성대했던 환영회가 끝나고 다음 날 아침에 일어나니 2일 연속으로 술을 먹어서인지 오늘은 전날보다 훨씬 센 숙취를 느꼈다.

그 전날과 다른 점이라면 주종이 탁주에서 중국에서 흔히 먹는다는, 예전에 먹어 본 빼갈과 비슷한 독주로 바뀐 것과 전날보다 많은 사람이 와서 먹었다는 것이었다.

침대에서 일어나니 어제와 마찬가지로 세숫물이 놓여 있었고, 씻고 있으니 시월이가 꿀물을 가지고 들어왔다.

"앞으로는 내가 나가서 씻을 것이니 이것도 준비하지 말아라."

"……알겠습니다, 전하."

이미 정저우에서 탈출하면서부터 내가 하지 말라고 했던 것이 많아서인지 별다른 말 없이 알아들었다.

사실 시월이가 챙겨 주는 것이 훨씬 편했으나, 다른 사람들과 똑같은 대우를 받겠다고 마음먹은 상태라 사소한 부분에서도 자각할 때마다 줄여 갔다.

시월이가 건네준 꿀물을 마시며 회중시계를 꺼내어 보니 이미 10시가 넘은 시각이었다.

이우가 되고 나서 평소 아침 8시 이전에는 항상 일어나던 습관이 있었는데, 연이은 이틀간의 음주가 기상 시간도 늦어지게 만들었다.

"아직 임정 쪽에서 온 것은 없느냐?"

임시정부의 전체 회의가 재개된 지 2시간이 지나 혹시 결과가 나왔는지 물었다.

"없습니다. 그리고 사무소에서 이것을 보내왔습니다, 전하."

시월이가 내민 것은 중국어로 되어 있는 신문이었다. 그리고 그 옆에 작은 종이 한 장도 함께 있었다.

정저우에서 있었던 폭발은 의거가 아닌 호텔에서 사용하던 난로의 유류 폭발로 마무리가 되었습니다.

전하에 대한 이야기는 아예 없는 것으로 보아 경성사무소에 확인이 필요할 것으로 보입니다.

사상자도 없는 것으로 나왔고, 현재까지 확인된 바로는 전하
의 사망을 은폐하려는 것으로 예측됩니다.

쪽지에 적혀 있는 글을 읽고 나서 신문을 펼쳐 드니 두 번
째 장에 불타 버린 호텔의 사진과 함께 신문기사가 게재되어
있었다.

한문으로 되어 있었지만 중국식 한문도 섞여 있어서 정확
한 뜻은 알지 못하나 대략적인 해석은 가능했는데, 기사의
내용도 쪽지와 별반 다르지 않았다.

정저우 시 한가운데서 벌어진 폭파 사건인데도 첫 장이 아
닌 둘째 장에, 그것도 2단짜리 작은 기사로 처리된 걸 보니
일본군이 조직적으로 개입한 것으로 느껴졌다.

"그들이 왜?"

일본 제국에서 나는 분명 눈엣가시 같은 존재였다.

지금 정권을 잡고 있는 도죠 히데키도 막후 실세로 불리는
고노에 후미마로도 나를 어떻게든 멀리 보내거나 죽이고 싶
어 했다.

천황가에서는 나를 귀엽게 봐주었지만 사실 자신들에게
정말 위협이 된다고 생각했으면 언제든 죽였을 존재였다.

그런데 내가 죽었는데도 공표를 하지 않고 비밀에 부치는
게 이상했다.

"어떤 일을 말씀이십니까, 전하?"

머릿속으로 생각한다는 게 입 밖으로 나가 버려 옆에 있던 시월이가 물어 왔다.

"우리의 죽음을 일본군이 비밀에 부치고 있다는구나."

시월이도 함께 겪은 일이었기에 내 의문에 대해서 바로 말해 줬다.

"전하, 소인도 정확히는 모르겠지만, 혹시 시체가 가짜라는 것을 알게 된 게 아니겠습니까, 전하."

시월이가 짐작하는 바를 내게 말했다.

그녀의 말이 사실이라면 큰일이기 때문에 바로 옷을 챙겨 입었다.

"일단 사무소로 가자."

"조반은 안 드시고 가십니까?"

"일단 상황 파악부터 하고 나서 먹자꾸나."

지금 아침이 중요한 게 아니었다. 혹시 시체가 가짜라는 걸 알았다면 이것보다 더 중요한 사항은 없었다.

내 신변이야 큰 문제가 없겠지만, 경성에 있는 가족의 신변은 큰 위험이 생길 게 뻔했다.

시월이에게 먼저 먹으라고 해 봐야 안 먹을 게 뻔해 그녀와 함께 이제는 익숙해진 거리를 걸어 성심정비소로 갔다.

정비소의 2층에 들어서자 어제와 똑같이 놀란 직원들의 얼굴을 뒤로하고 심재원에게 곧장 갔다.

"전하, 어찌 이리 바쁜 걸음으로 오셨습니까?"

급한 일이란 생각에 뛰어와서인지 숨이 찼다. 심재원의 탁자 옆에서 숨을 고르고 있으니, 그가 걱정스러운 말투로 말했다.

"이 신문, 심 사무가 내게 보낸 것인가?"

잠시 숨을 돌린 이후 바로 심재원에게 물었다.

"네, 그렇습니다, 전하."

"내 사망을 은폐하려는 이유가 혹시 시체가 발각되어서 그런 것은 아닌가 하고 묻기 위해서일세. 만일 그렇다면 큰일이 아닌가?"

"일단 이쪽으로 앉으시면 제가 다 설명하겠습니다, 전하."

심재원은 내 말을 듣고는 내게 소파의 자리를 권했다.

내가 그의 말대로 자리에 앉을 때 그는 손짓으로 업무를 보고 있던 최지헌을 불렀다.

"말해 보게."

"일단 시체가 발각될 일은 없으니 안심하셔도 됩니다, 전하. 여기 이 최지헌 통신원은 동경제국대학에서 법의학을 공부하고 졸업한 친구로, 그날 파견을 나갔던 이유도 혹시라도 남을지 모르는 흔적을 지우기 위해서였습니다. 이 친구가 옷과 키, 혈액형, 체형 같은 부분을 제외하고는 확인할 수 없도록 조치를 했으니, 그런 걱정은 하지 않으셔도 됩니다, 전하."

심재원이 최지헌을 가리키면서 말하자 최지헌이 말을 받

아서 대답했다.

"일본 법의학의 기본은 조선 시대부터 내려온 무원록無寃錄에 근간을 두고 발전한 형태입니다. 그래서 어린 시절 아버지의 어깨너머로 한의학을 공부한 제게는 더 쉬운 학문이었습니다. 제가 나오기 전까지 몇 번을 확인했고, 그 방 안에서는 시체의 기본적인 사항을 제외하고는 확인이 불가능하도록 해 옷과 혈액형, 체형으로 신원을 확인하도록 강제했습니다. 그래서 그 시체에서 전하가 아니라는 증거는 찾을 수 없을 것입니다, 전하."

두 사람의 차분한 말을 듣자 나도 마음이 차분해지면서 심재원 사무에게 평소와 다른 반말을 썼다는 걸 자각했다.

"심 사무 미안해요. 내가 잠시 흥분을 했군요."

"아닙니다, 전하. 말씀 편하게 하시는 게 저희로서는 훨씬 좋습니다. 전하께서 말씀을 편하게 하셔야 위계질서가 제대로 설 것입니다, 전하."

"험험, 차차 그렇게 해 나가죠. 그럼 이 쪽지에 적혀 있듯이 이들이 내 사망을 은폐하려는 이유가 무엇으로 짐작되는가요?"

내 질문에 심재원이 최재헌을 시켜 자신의 책상에서 종이를 가져오게 했고, 그것을 내게 건네주었다.

"아직 확실하게 확인되지 않아 보고드리지 않았는데, 전하를 이렇게 급히 오시게 만들 줄은 몰랐습니다. 지금 이 사건에서 일본 정부가 취하고 있는 형태는 두 가지로 압축되었습니다. 그날 그 사고로 고위직의 사람이 죽었다는 소문은 이미 정저우에 파다하게 퍼져 있는 상태입니다. 그런데도 그 인물에 대해서 함구하는 것은, 그 인물의 죽음이 일본 사회에 미칠 영향 때문으로 분석됩니다. 첫째는 전하의 죽음으로 일본의 다른 고위 귀족들이 자신들도 전방 순시를 가면 죽을 수도 있다는 위기감이 조성되어 순시를 하지 않을까 걱정돼서라고 생각됩니다."

심재원의 설명과 함께 심재원이 건네준 서류를 보니 실제 윤봉길 의사의 홍커우 공원虹口公園 의거義舉 이후 일본군의 행사 시에는 엄청난 경호 인력이 대동되었다.

또한 큰 행사를 제외하고 작은 행사들이 한동안 취소되고 축소되었었던 것이 적혀 있었다.

"그리고 두 번째 이유는 제2의 기미 독립 만세 운동 같은 일이 벌어질 것을 우려해 일본 제국이 숨기고 있다는 것입니다. 기미 독립 만세 운동도 광무제의 승하를 계기로 시작된 것으로, 그 영향이 지금의 독립운동과 임시정부 수립의 원동력이 되었습니다. 영친왕께서 일본인과 결혼한 이후부터 지금까지 2천만 동포들에게 가장 사랑받는 황실의 사람은 전하이시니, 혹시라도 전하의 죽음이 또 다른 독립운동의 방아쇠가 될 것을 우려해 비밀에 부치고 있다고 예상됩니다. 저희가 예상하기에는 두 번째 이유가 더 타당성이 높아 보입니다, 전하."

심재원 사무의 말에 두 번째 장을 보니 삼일운동의 시작과 역사적 의의에 대해서 적혀 있었다.

일국의 황제와 그 왕자 중 한 명일 뿐인 나와는 차원이 다르겠지만, 일본은 그렇게 생각하지 않는 것 같았다.

"조사하느라 고생하신 분들을 다그쳐서 미안해요."

나는 제국익문사가 조사를 해서 올려 주는 보고서를 받는 입장이라 그들이 어느 정도 조사하고 어떤 형태로 결과를 만들어 가져오는지는 몰랐다.

그런데 오늘 이 일을 보니 내가 나서서 일을 더 만들었다는 생각이 들었다.

그들은 이미 내가 발각되었을 경우까지 확인해 가면서 일을 진행하고 있었는데, 내가 제국익문사를 믿지 못한 게 되어 버려서 다시 한 번 그들에게 사과했다.

"아닙니다, 전하."

"경성에서의 내용은 아직 도착하지 않았나요?"

이 모든 것은 경성의 제국익문사 사무소와 내 가족들과 함께 있을 배중손의 눈과 귀를 통해 확인하면 끝이 날 일이다.

그래서 아직 도착하지 않았음을 알고 있었지만, 심재원에게 물었다.

"일주일 정도 더 있으면 도착할 것으로 생각됩니다. 우리 쪽 요원이 직접 가지고 오는 중일 테니, 다른 서신보다 일찍 도착할 것입니다, 전하."

심재원의 대답과 함께 긴장이 풀리고 나니 느끼지 못하고 있던 숙취와 배고픔이 한 번에 밀려왔다.

"심 사무는 식사하셨나요?"

"네, 저는 아침을 먹었습니다, 전하."

"그럼 나도 이 상궁에게 가서 아침을 먹고 올게요. 수고하세요."

⁂

심재원과의 대화를 마치고 다시 숙소에 있는 식당으로 돌아오니, 아침 식사를 하기에는 늦고 점심을 먹기엔 이른 11시가 약간 안 된 시간이라 텅 비어 있었다.

내가 가서 자리에 앉으니 시월이가 주방으로 들어가서 음식을 가지고 나왔다.

아침을 먹고 나서 옷을 정리하기 위해서 방으로 돌아와 거울을 보니 정리하지 못한 수염과 머리가 눈에 들어왔다.

중경으로 오기 전 약산과 함께 이발소에 가서 정리했었는데, 며칠 지나지 않아 다시 지저분하게 느껴졌다.

"시월아, 이 근처에 이발소가 어딨는지 아느냐?"

"잘 알지 못하옵니다. 이지현 여사님에게 한번 물어보도록 하겠습니다, 전하."

시월이는 내게 그렇게 말하고 방을 나섰다.

이발소를 이용하지 않는 아녀자인 이 상궁도 알고 있을 것 같지는 않았지만, 나가는 시월이를 말리지 않았다.

옷매무새의 정돈이 끝나고 아래로 내려가니 시월이가 나를 기다리고 있었다.

"알아봤느냐?"

"이곳에서 성심정비소로 가시는 첫 번째 골목에서 안쪽으로 더 들어가시면 대한인이 운영하는 곳이 있다고 합니다."

"그렇다면 나는 그곳에 다녀올 테니 너는 여기서 기다려라."

한국인이라 통역도 필요 없었고, 내가 머리와 수염을 정리하는 데 시월이가 와서 기다릴 필요는 없어 그녀를 두고 이발소로 발걸음을 옮겼다.

이발소는 약산과 함께 갔던 이발소를 떠올리게 하는 작은 규모였다.

내가 그곳으로 들어서자 의자에 앉아서 머리를 손질하고 있던 사람이 내게 알은척을 해 왔다.

"이 동지도 어제의 숙취로 늦잠을 잤나 보오."

등을 돌리고 있고 거울의 사각이라 얼굴이 안 보여 몰랐는데, 목소리를 들으니 약산 김원봉이었다.

"중국술이 익숙지 않아 조금 늦게 일어났네요. 약산께서도 전체 회의에 참석도 안 하시고 지금 이 시간에 머리를 손질하시는 걸 보니 늦잠을 주무신 것 같군요."

나는 출근을 해야 하거나 해야 할 일 같은 게 없어 늦잠 잔 것은 전혀 문제 되는 일이 아니었지만, 나를 놀리듯 말하는 약산의 말에 나도 웃으면서 대답했다.

"동지를 만나고 나서부터는 난 정치에는 손을 떼고 군인으로서 할 일만 하고 있소. 또한, 전체 회의에 나를 싫어하는 사람이 많이 굳이 참석해 분란을 만들 이유도 없고. 분란이 일어나 봐야 이 동지에게는 좋지 않을 게 뻔한데 내가 왜 굳이 그곳에 참석하겠소? 이쪽으로 앉으시오. 나는 이제 끝났으니."

약산은 자신이 일어난 자리를 내게 권했다.

내가 자리에 앉자 이발사가 다가와 물었다.

정리만 해 달라고 하고, 내 뒤에 서 있는 약산과의 대화를 이었다.

"독립된 조국과 임시정부에서의 주도권을 잡기 위해 나와 손잡은 게 아니셨나요?"

"권력에는 관심이 없어졌소. 처음에는 그런 것에 관심이 있었지만, 이 동지 같은 훌륭한 선구자가 있다면 난 군인 역할에만 충실해도 될 것을 느꼈소. 그러니 이 동지가 우리 의 길을 잘 이끌어 자주 독립된 조국을 만들 수 있게 해 주시오."

"저를 그렇게 높게 평가해 주시니 몸 둘 바를 모르겠네요.

감사합니다."

"그럼 나는 선약이 있어 이만 일어나겠소. 다음에 봅시다, 이 동지."

약산은 기껏 손질한 머리 위에 모자를 쓰고는 가게를 나섰다.

"보통 김약산 선생님이 먼저 말을 거시는 경우가 잘 없는데, 손님께서는 선생님과 친밀한 사이이신가 봅니다."

약산이 나가고 나서 수염과 머리카락 정리가 끝나고 내 머리에 포마드를 발라 주던 이발사가 내게 물었다.

"친하다면 친한 것이고, 멀다면 먼 관계이지요. 오히려 이발사께서 약산을 더 잘 알고 있는 것 같네요."

"약산 선생님은 제가 상해에서 가게를 하실 때부터 제 가게를 찾아 주신 손님이시죠. 거기다 약산 김원봉이라 하면 조선인의 위상을 드높이고 일제에는 고통과 공포를 주는 이름으로, 우리 2천만 조선인 동포라면 모르는 사람이 없는 이름이지 않습니까? 그런 분의 머리를 손질한다는 게 저로서는 영광입니다. 자, 다 됐습니다."

이발사는 자부심 넘치는 목소리로 내게 말하며 내 머리에 포마드를 바르고 빗으로 머리 손질을 끝냈다.

"나도 그런 사람과 알고 지내는 게 영광이라 생각합니다."

수육 고기 이후 최지헌이 내게 건네준, 중경에서는 돈으로 쓰이는 중경은행 사설 화폐를 내밀자 바로 잔돈을 거슬러 주었다.

이발을 마치고 사무소로 걸음을 옮겼다.

해가 떠 있는 시간에 혼자 걸어 다니니 이상한 느낌이었다.

항상 밖을 다닐 땐 두 명 이상의 사람과 걸어 다니다 혼자서 작은 시장을 지나가니 왠지 해방감 같은 게 느껴졌다.

물론 경성에서 밤에 혼자 시내를 다녔던 적은 있었지만, 그때는 주위를 살피면서 마음 졸이며 다녔기에 지금과는 전혀 달랐다.

작은 시장을 걸어가면서 이발소의 비누 냄새, 비릿한 생선 냄새와 생고기의 냄새, 진열되어 있는 채소의 풀 냄새, 돌길의 사이사이에 있는 흙의 냄새까지 온갖 향이 코로 들어왔다.

주변을 구경하면서 천천히 발걸음을 옮겨 사무소로 향했다.

시월이가 숙소에서 쉴 수 있도록 일부러 숙소를 거치지 않고 사무소로 갔다.

사무실에 도착하니 정비소의 사무실 창문으로 제국익문사 요원 몇 명과 기대하지 않았던 세 사람의 모습이 함께 보였다.

한 사람은 성재였고, 다른 두 사람도 어제 심재원이 보여준 사진을 통해 알고 있는 사람이었다.

흑백사진이고 화질이 좋지 않아 어려웠지만 그래도 알아볼 수 있었다.

이제 겨우 12시가 조금 넘은 시간인데 그들이 왔다는 것은 임시정부의 회의가 끝났다는 뜻이었다.

"다들 저를 기다리고 있으셨습니까?"

정비소 사무실의 문을 열고 들어가니 사무실 안에 있던 사람들이 모두 내 쪽으로 시선이 집중되었다.

"오셨습니까, 전하. 이쪽은 임시정부를 대표해서 온 대표단입니다, 전하."

나를 발견한 심재원이 뛰어와 설명해 주었다.

"알현할 수 있게 되어 영광입니다, 전하. 저는 대한제국 내무부 주사였던, 우천藕泉 조완구입니다, 전하."

조완구는 대한제국 시절의 예법대로 내게 인사해 왔고, 그런 그에게 손을 내밀어 화답해 주었다.

"반가워요."

내가 내민 손에 잠시 고민하다 맞잡은 조완구에게 인사하고, 그다음 서 있는 사람을 봤다.

김구 주석과 대담對談할 때에 모든 사람이 나가기 전 김구 주석의 옆자리에 앉아 있던 국무위원이었다.

"또 만나 뵙게 되었습니다. 지난번엔 제대로 인사를 못 드렸는데, 저는 김구 주석님의 비서장인 동암東巖 차리석이라고 합니다."

"반가워요."

차리석과 악수를 하고 나서 마지막으로 며칠 사이 마른 듯한 성재가 서 있었다.

"성재, 며칠 사이 많이 야윈 것 같아요. 내 보약이라도 한 첩 지어 드려야지."

함께 온 성재는 어제보다도 더 야윈 느낌이었다.

어제 술을 먹으면서도 음식을 별로 먹지 않아서 입맛이 없는가 했는데, 아마도 이번 일의 스트레스로 그런 것 같았다.

"말씀만으로도 힘이 나는 것 같습니다, 전하."

"이렇게 서서 이야기할 것은 아닌 것 같으니 다들 앉으세요."

내 말에 사무실에 있는 소파에 다들 앉았고, 제국익문사 요원들이 창문을 가리고 전등을 켰다.

"여기까지 다들 오신 것으로 보아 결과가 나온 듯한데 맞습니까?"

"그렇습니다, 전하. 저는 내무부장으로서 그 결과를 전하에게 전해 드리기 위해서 왔습니다."

조완구가 서류 한 장을 꺼내면서 내게 말했다.

"자, 그럼 결과를 알려 주세요."

"여기 이 서류는 임시정부의 전체 회의 결과를 작성한 것입니다. 본 대한민국 임시정부는 오늘 대한민국 임시 헌법을 수정하기로 결정했습니다. 임시정부 헌법의 제1장 제1조 '대한민국은 민주공화국이다.'와 '제8조 대한민국은 구 황실을 우대한다.'를 수정하기로 만장일치로 결정되었음을 알려드립니다."

조완구는 말을 하고 나서 내게 임시정부의 공식 서류로 보이는 종이를 내려놓았고, 다음 말을 이어 갔다.

"제1조와 8조의 내용을 수정해 대한민국은 구 황실의 정통 후계자를 인정하고 그를 군주로 하는 입헌군주국으로 수정하였으며, 구 황실의 모든 재산과 권리는 임시정부 의정원의 결의를 거쳐 적통 후계자가 결정되면 적통 후계자에게 귀속됨을 알립니다. 또한, 적통 후계자를 인정하고 공표하는 시기는 제6장 보장 36조를 신설해 '공표 시기는 황실과 임시정부가 합의해 날짜를 정한다.'로 명시했습니다. 또한, 양측의 협정에 따라 아직 전하의 이름을 명시하지 않았습니다. 이것은 황실을 대표하시는 전하께 드리는 임시정부의 공식 문서입니다, 전하."

그가 건넨 서류를 꼼꼼히 읽어 보았다.

서류에는 그가 말한 내용과 임시정부의 공식 문서임을 나타내는 수사들이 적혀 있고, 마지막에 김구 주석을 비롯한 모든 국무위원의 도장과 대한민국 임시정부의 국장國章이 찍혀 있었다.

"이것은 변경을 하기 위해 결정되었음 알리는 문서이고, 실제 임시 헌법 변경은 임시의정원에서 세부 헌법까지 정해

운현궁의
주인

완벽한 법리 검토가 끝나고 나서 결정될 것입니다. 그것은 빨라도 1~2개월 이상 걸리는 작업이라 먼저 큰 틀에서 합의한 내용을 가지고 왔습니다, 전하."

내가 서류를 한참 살펴보고 있을 때 성재가 덧붙여서 설명했다.

"알겠습니다. 이 서류는 잘 받았습니다. 이건 다시 돌려드려야 합니까?"

"송구하지만 그렇습니다. 이것은 임시정부의 공식 문서로, 전하께 보여 드리기 위해 잠시 가져온 것입니다, 전하."

내 질문에 조완구가 머릴 살짝 숙이고는 대답했다.

그런 그에게 다 읽은 서류를 돌려주었다.

"모두 수고하셨습니다. 제가 전면에 나서서 해야 했었는데 지금 상황이 이렇다 보니 힘들군요."

"아닙니다. 저는 언젠가 이렇게 되어야 한다고 생각하고 있었습니다, 전하."

조완구는 왕정주의자라고 들었던 말이 진실임을 대답으로서 증명했다.

"아닙니다. 전하의 뜻이 있었기에 가능했던 것입니다, 전하."

성재가 가장 고생을 했었는데, 그는 공을 오히려 내게 돌렸다.

"아니에요. 성재가 임시정부에서 많은 노력을 하셨지요.

아, 그리고 성재에게 선물을 주어야겠군요. 심재원 사무, 경성에서 가지고 온 가방을 가져오세요."

심재원은 내 말에 잠깐 놀랐다.

금방 2층으로 올라가 작은 서류 가방을 가지고 내려와 그 서류 가방을 책상 위에 올려놓았다.

"이것이 무엇입니까?"

성재의 물음에 나는 가방의 입구를 성재 쪽으로 돌려주면서 대답했다.

"성재가 고생한다는 말을 들어 내가 준비한 것입니다. 우리 제국익문사에는 부족하지 않은 것이라, 성재가 임시정부를 위해서 잘 써 주세요."

내 말에 성재가 자신의 앞에 놓인 가방을 열었고 안에서는 많은 양의 미국 달러가 나왔다.

"이게 다 무슨 돈입니까, 전하?"

경성을 떠나기 전 제국익문사를 통해서 황실의 많은 재산을 블라디보스토크와 중경, 미국으로 빼돌려 놓았다.

이것이 그것들은 아니고, 의친왕과 마지막 만남을 가졌을 때, 하인을 통해 보내온 것이었다.

독립운동을 하자면 많은 돈이 필요하단 걸 잘 알고 있는 의친왕의 배려였다.

"황실에서 임시정부로 보내는 작은 선물이라고 생각하세요."

그런 의친왕의 배려를 나는 임시정부에 주기로 했다.

제국익문사에는 지금 넘치지는 않지만 필요한 만큼의 돈이 있었고, 아직 숨겨 놓은 돈도 많이 있었다.

임시정부도 과거처럼 밥을 굶거나 하는 것은 아니었지만, 중화민국 정부가 지원해 주는 것은 현금보다는 총과 식재료, 건물 같은 현물이었다.

이미 성재를 통해 임시정부에 현금이 부족하다는 정보를 받았었고, 성재가 다시 재무부장이 된 이유도 돈의 조달을 위해서라고 들었었다.

그래서 통 크게 양보하고 황실을 인정해 준 김구 주석과 임시정부에게 작은 선물을 주기로 마음먹어서 이 가방을 그에게 주었다.

"정말로 이걸 다 주신다는 것입니까?"

정확한 금액은 몰랐지만 100달러 자리가 여러 뭉치 보였기에 절대 적은 돈이 아니라는 것을 알고 있어서 옆자리에 앉아 있던 차리석 놀라면서 내게 물었다.

"일본 제국 내에서 일왕가를 제외하고는 가장 많은 돈을 가지고 있다고 하는 곳이 우리 황실입니다. 제가 독립운동을 하고 탈출할 때에 맨몸으로 오지는 않았겠지요. 황실이 임시정부의 배려에 대해 감사하는 인사라고 생각하세요."

놀란 세 사람이 아무런 말도 하지 못하고 있어서 이어서 말했다.

"제게 하실 말씀이 끝나셨으면 임시정부로 돌아가셔야 되는 것 아닌가요?"

내 말에 세 사람은 자신의 잘못을 눈치챘는지 자리에서 일어나며 대답했다.

"그렇습니다. 3일간 이어진 회의에 일이 많이 밀려 있습니다. 실례가 되지 않는다면 이제 일어나겠습니다, 전하."

조완구가 대표로 인사를 하면서 일어났다.

"아, 제가 잠시 놀라 말씀 못 드린 것이 있는데, 김구 주석께서 미국에서의 일이 잘되었으면 좋겠다고 말씀하셨습니다."

서로 인사를 마치고 밖으로 나가던 일행 중에서 차리석이 갑자기 기억났다는 듯 내게 다가와서 말했다.

"알겠습니다. 감사하다고 전해 주세요."

나라의 헌법을 바꾸는 일인데, 임시정부 안에서 반발이 없었을 리가 없었다.

김구 주석이 엄청나게 노력했다는 걸 안 봐도 알 수 있었다.

김구 주석에게 감사하면서 나도 미국과의 협상이 잘될 수 있도록 할 수 있는 노력을 다 해야겠다고 다짐했다.

세 사람을 배웅하고 나서 2층으로 올라왔다.

"심 사무, 이전에 미국으로 보내려던 편지, 가지고 있습니까?"

내 말에 심재원은 자신의 책상에서 편지를 가지고 왔다.

"여기 있습니다, 전하."

일단 이곳에서 임시정부가 황실을 인정해 입헌군주국을 이루었습니다.

이 내용은 윤홍섭 박사와 송헌주 회장에게도 알려 주세요.

물론 아직 대외적으로는 비밀입니다.

또한, 일전에 OSS에서 요청했던 후방 교란은 우리 요원들이 미국으로 가거나 제3의 지역에서 그들의 훈련을 받아 양측의 정보와 작전 방식을 맞추고, 작전에 투입되는 것이 좋아 보이네요.

일단 우리 쪽에서는 1백 명 정도의 인원을 차출해 줄 수 있음을 알리세요.

그들은 대한제국식으로 훈련을 받은 요원들이니 일반인을 훈련하는 것보다는 빠를 것입니다.

또한, 우리 군의 주둔 지역에 대해서는, 소련의 블라디보스토크에 주둔할 수 있도록 이야기해 주세요.

아직 발각되지 않았으나 블라디보스토크 내에 다른 지역에 주둔 허가가 나면 그곳으로 이동할 것입니다.

단, 먼저 우리가 그곳에 주둔하고 있다는 것은 알리지 마세요. 산속 깊이 있어 발각되지 않았으나, 혹시 이미 주둔하고 있는 사실이 알려지면 소련에 좋지 않은 인상을 줄 것입니다.

그리고 중화민국에서의 주둔에 대해서는 주둔보다는 지금 중화민국군에 지휘권이 있는 광복군의 지휘권을 우리 정부로 반환할 수 있도록 노력해 주세요.

그렇게 되면 우리 요원들도 그들의 일부로 들어가 주둔하면 됩니다. 굳이 우리의 패를 다 보여 줄 이유가 없습니다.

마지막으로 OSS와의 전략적 제휴가 지금 윤홍섭이 작업 중인 임시정부의 연합국 지위 획득에 도움이 되는 방법을 고민해 주세요.

유일한 박사에게 보내는 편지를 마무리하자 옆에서 대기하고 있던 심재원이 받아 작업하기 시작했다.

내가 작성한 편지 위에 특수한 방법으로 제작된 접착재를 바르고 그 위에다가 일상적인 내용이 담긴 안부 편지를 붙여 마치 처음부터 조금 두꺼운 종이로 된 한 장의 편지처럼 만들고 편지 봉투에 넣었다.

"오늘 중으로 발송하면 이번 정기편을 통해 미국으로 갈 것입니다. 그러면 일주일 내로 받아 볼 것입니다, 전하."

"그래요. 고생했어요."

앞으로도 어려운 산이 많았지만, 첫 산을 무사히 잘 넘었다.

가장 큰 일을 마무리하고 나니 한시름 더는 느낌이었다.

"임시정부와의 관계는 이제 정리되었으니, 이 내용을 모스크바의 조봉암과 블라디보스토크의 곽재우 장군에게도 알려 주도록 하세요. 그리고 경성을 통해 의친왕께도 알리도록 하세요. 미국은 아까 그 편지에 적었으니 따로 안 알려도 될 거예요."

"그리하겠습니다. 하면 곽재우 장군이 이끄는 광무대는 임시정부로 합류하는 것입니까, 전하?"

내가 하는 말을 적고 있던 심재원이 다시 되물어 왔다.

내가 임시정부로 합류하기로 한 지금 제국익문사와 광무대도 임시정부로 합류해야 하나 하고 고민을 했는데, 이 부분에 대해서는 시간을 두고 생각을 해 볼 필요가 있다.

합류한다고 해도 그건 편재상 합류이지 지휘권을 다 넘겨줄 생각은 없었다.

그들은 나를 보고 모인 인물들이었고, 지금은 그들이 내게 필요했다. 합류하더라도 독립전쟁이 끝날 때까지 그들은 내심중을 최우선으로 실행하는 부대여야 했다.

"일단 그 부분은 보류해 놓고 더 고민해 봅시다. 광무대는 소련에서 주둔 허가가 나온 이후에 이야기해 보고, 제국익문사는 앞으로도 변하는 것은 없을 거예요. 임시정부와 협력하는 부분에서는 협력하겠지만, 기본적으론 독자적으로 행동합니다."

"알겠습니다. 다른 요원에게도 그렇게 전파하겠습니다, 전하."

"경성에서는 몽양과 긴밀하게 협력하고 있는가요?"

"일단 세력을 모으는 것을 서로 돕고 있다고 들었습니다. 상인연합회 쪽에서 보내 주는 돈도 많은 금액이 일정하게 들어오고 있습니다, 전하."

여운형이 회장으로 있는 상인연합회의 돈이 제국익문사를 통해 중경으로 오고 있었다.

이것도 이미 내가 떠나올 때 국내에서 사용할 돈을 제외하고 보내기로 이야기했었다.

"그 돈은 일부 나눠 임시정부에도 보내 주세요. 우리 쪽으로 오기는 했어도 대한인들이 독립의 의지로 모아 준 돈이니 우리만 쓸 수 없네요."

"그리하겠습니다, 전하."

"다른 것은 없나요?"

"오늘 결정하셔야 하는 것은 끝났습니다. 그리고 이제 큰일도 끝나셨으니 본사의 훈련소를 한번 방문하시는 게 어떻겠습니까, 전하?"

심재원은 보고가 끝나자 내게 조심스럽게 제안해 왔다.

임시정부의 일에 신경 쓰느라 잠시 잊고 있었는데, 중경으로 와서 가장 먼저 방문했어야 하는 곳이었다.

이미 술과 고기를 보내긴 했지만, 그것과는 별개로 당연히 방문해야 했다.

"아~! 그래요, 당연히 방문해야죠. 잠시 깜빡했는데 잘 알려 주셨어요. 빠른 시일 내 방문합시다."

내 대답에 심재원의 표정이 밝아지며 곧바로 대답했다.

"감사합니다. 전하께서 가시면 본사 요원들의 사기가 하늘을 찌를 것입니다. 빠른 시일 내에 시찰할 수 있도록 준비하겠습니다, 전하."

"그건 심 사무가 알아서 준비해 주세요. 그리고 임시정부와 지하 동맹의 연결을 준비하기 위해 성재에게 의견을 구하고, 제국익문사에서도 괜찮은 방법을 고민해 주세요. 두 단체가 연결되어 있어야지 후에 유기적으로 움직일 수 있습니다."

"그리하겠습니다, 전하."

"수고하셨어요."

※

심재원의 보고를 다 받고 난 후 내가 밖으로 나서니 최지헌이 나를 따라나섰다.

"왜 나를 따라오는가? 일이 바쁘지 않은가?"

"전하를 보필하는 것도 제 일입니다. 시월 양께서 없으시니 제가 보필하겠습니다, 전하."

최지헌이 따라오는 것을 제지하지 않고 밖으로 나서다 정비소 앞에 서 있는 차가 눈에 들어왔다.

"저 중에 우리 차도 있는가?"

정비소 앞 주차장에 주차되어 있는 몇 대의 승용차를 가리키며 말했다.

"저 차량과 저기 저 차량은 본사의 차량입니다. 그리고 이쪽 차들은 정비를 위해 대기하는 차입니다, 전하."

"그럼 혹시 내가 운전해 볼 수 있겠는가?"

"운전을 하실 줄 아십니까?"

내 뜬금없는 제안에 최지헌이 놀라며 물었다.

미래에 있을 때 1종 보통 면허를 가지고 있었고, 아버지의 배달하는 트럭을 몰아 봐서 이 시대의 수동 자동차라도 운전할 수 있을 것 같았다.

"할 줄은 알고 있네."

이우 공은 직접 운전을 즐기지 않았고, 그의 기억 속에서도 운전을 직접 한 적은 없었다.

이우 공의 모든 기억이 완벽히 나던 처음과는 다르게 잉크가 물에 풀어지듯 점점 기억이 엷어져 갔는데, 어느 순간부터는 이우 공의 기억 중에서도 내가 중요하게 생각하는 기억을 제외하고는 오랜 세월이 지난 기억처럼 점차 흐려졌다.

그래서 이우 공이 정확히 운전했었는지에 대해서는 기억이 나지 않았다.

"오랜만에 하시는 것이라면 일단 제가 차를 공터로 옮긴 후 해 보시는 것이 어떻겠습니까, 전하."

"좋네, 그리하지."

"잠시 기다리시면 차 열쇠를 가지고 오겠습니다, 전하."

최지헌은 그렇게 말하고 나서 사무실로 뛰어들어 갔다.

나의 갑작스러운 요청이었지만, 앞으로 일을 하다 보면 어떤 일이 일어날지 모른다. 그래서 나도 이곳의 차를 운전할 필요가 있었고, 연습하기로 마음먹었다.

얼마 지나지 않아 최지헌이 차 열쇠를 가지고 왔다.

"근처 공터로 가겠습니다, 전하."

최지헌의 말과 함께 출발한 차는 얼마 지나지 않아 마을을 벗어났고, 넓은 평야 지역에 도착했다.

돌과 굵은 모래, 흙으로 이루어진 황무지로, 농사도 짓지 않는 버려진 땅이었다.

"이곳에서 해 보시겠습니까?"

"그러지."

최지헌이 차의 시동을 끄고 내렸고, 내가 운전석으로 최지헌은 조수석으로 앉았다.

요즘의 자동차와는 다르게 열쇠를 꽂는 곳이 계기판 쪽에 있었고, 에어컨이나 라디오 같은 전자기기들이 없어 계기판 옆쪽은 허전한 느낌이 들 정도였다.

기어를 중립에 놓고 시동을 켜기 위해 열쇠를 돌리는데, 아무런 반응이 없었다.

"전하, 열쇠는 제가 돌려 놨습니다. 시동을 바로 켜시면 됩니다."

열쇠를 한참 돌려도 시동이 안 켜지자 이상하던 차에 최지헌이 계기판의 단추를 가리키며 말했다.

부르릉.

혹시 이 단추가 시동을 켜는 것인가 생각해 누르니 힘찬 소리를 내면서 시동이 걸렸다.

"정말 운전을 해 보셨습니까?"

내가 시동 단추를 누르고 생각보다 큰 자동차 소리에 움찔거리자 옆자리에 앉아 있던 최지헌이 의심스러운 목소리로 물어 왔다.

"너무 오랜만에 하는 거라 그러네."

머쓱하게 대답하고는 액셀을 먼저 살짝 밟아서 엔진의 진동을 느꼈다.

기어를 1단에 넣고 클러치를 살짝 떼면서 액셀을 밟으니 차가 후진을 하기 시작했다.

놀라 다시 클러치를 밟고 차를 세우고는 최지헌에게 물었다.

"기어가 이렇게 해서 이게 1단이 아닌가?"

기어를 왼쪽 위로 조정하면서 말했다.

"이 차는 3단과 후진으로 이루어져 있습니다, 전하. 왼쪽 위가 후진 왼쪽 아래가 1단, 오른쪽 위가 2단 오른쪽 아래가 3단입니다, 전하."

아버지의 트럭은 후진이 오른쪽 아래에 있고 왼쪽 위가 1단이었는데, 이 차는 반대로 되어 있었다.

미심쩍은 표정으로 설명하는 최지헌의 말이 끝나고, 기어를 다시 1단에 넣고 차를 출발했다.

처음과 다르게 천천히 앞으로 나갔는데, 2단까지 올린 다음 회전을 하기 위해 한 손으로 핸들을 돌리려고 하니 엄청나게 빡빡해서 잘 돌아가지 않았다.

놀라서 기어에서 손을 떼고 양손으로 돌리니, 그제야 핸들이 돌아갔다.

"원래 이렇게 핸들이 무거운가?"

"핸들이라시면 운전대를 말씀하시는 겁니까?"

핸들 자체가 일본식 발음인 '한도루'에서 온 것이라 그런지 최지헌이 무리 없이 알아들었다.

"그러네."

"이 차는 바퀴의 크기도 작고 차 무게도 얼마 되지 않아서 이 정도는 가벼운 편입니다. 큰 트럭은 훨씬 무거워 저속에서 회전할 때에는 온몸을 써야 할 정도입니다, 전하."

처음 차를 배울 때 아버지가 그래도 요즘 나오는 차는 핸들에 파워가 걸려 있어서 예전보다 운전하기 편해졌다고 했던 기억이 떠올랐다.

그때는 그게 정확하게 무슨 말인지 모르고 들었는데, 그 파워라는 게 아무래도 핸들을 조작하는 데에 힘을 덜 쓸 수 있도록 기계적으로 도움을 주는 장치였던 것 같았다.

차가 조금 속도가 붙자 핸들을 조종하기가 조금 나아졌고, 원래 운전을 해서인지 다시 금방 적응했다.

처음에 미심쩍은 표정으로 나를 바라보던 최지헌도 내가 적응하고 계속 운전하자 그런 표정을 말끔히 지웠다.

"시간도 많이 지났고 하니 제국익문사 사무실로 돌아가세. 아, 운전은 내가 할 테니 길이나 잘 알려 주게."

"……알겠습니다, 전하."

내 운전 실력이 못 미더운 최지헌이었으나, 내가 한다고 하니 어쩔 수 없는 표정으로 대답했다.

그런 그의 걱정을 뒤로하고 천천히 차를 몰아 길 안내를 받으며 제국익문사의 사무실로 갔다.

운전한다고 시간이 지나서인지 아까보다 한산해진 정비소에 금방 도착할 수 있었다.

정비소 입구에서 주차하기 위해 위치를 보면서 잠시 멈췄다가 자리로 들어가기 위해서 핸들을 돌리니 핸들이 돌아가지 않았다.

"갑자기 운전대가 안 돌아가는데, 이건 왜 그러는 것인가?"

혹시 어디가 고장 난 것은 아닌가 해서 옆자리에 불안하게 앉아 있는 최지헌에게 물으니, 마치 내 질문이 이상하다는 듯한 표정으로 내게 말했다.

"원래 멈춘 상태서는 안 돌아갑니다, 전하. 조금씩 움직이시며 돌려야지 돌아갑니다."

노파워 핸들이라는 게 아예 내 힘으로 돌리는 것이라 차가 멈추면 핸들이 아예 안 돌아가는 것 같았다.

차가 움직일 때는 움직이는 힘도 있지만 멈춰 있을 때는 차의 무게가 지면으로 전해졌고, 그 무게를 감당하는 양 바퀴와 지면의 마찰력을 온전히 내 힘으로 감당해야 하는 것이었다.

1단에 넣고 조금씩 움직이면서 주차를 해 보려다 어딘가 박을 것 같은 내 운전 실력을 불안하게 바라보는 최지헌의 눈빛이 느껴져 결국 주차는 포기했다.

"아직 주차까지는 힘이 드니 자네가 해 주겠나?"

"당연히 하겠습니다, 전하."

나도 미안해서 말을 꺼냈지만, 너무 반가워하면서 대답하는 최지헌이 괜히 미워지고 오기가 생겨 끝까지 내가 한번 해 볼까 하다 너무 괴롭히는 거 같아서 단념하고 차에서 내렸다.

내가 운전석에서 내리자 최지헌이 금방 핸들을 잡고 조종해서 차를 주차했다.

나는 차를 돌리기 위해서 수십 번을 왔다 갔다 했는데, 최지헌이 너무 쉽게 주차를 완료하니 허탈감과 함께 괜히 기분이 나빠졌지만 쪼잔하게 그런 걸 표현하거나 하지는 않았다.

현대의 차에 비하면 핸들도 무겁고, 브레이크도 밀려서 잡히고, 코너링도 쏠림과 울렁거림이 심했지만, 어쨌든 이곳의 차를 운전할 수 있게 됐다는 게 중요했다.

"전하께서 직접 운전을 하셨습니까, 전하?"

주차하기 위해 몇십 번을 왔다 갔다 해서 이상한 눈초리로 나왔던 심재원이 내게 말을 걸어왔다.

"네, 원래 할 수는 있었는데, 앞으로 혹시 무슨 일이 있을지 모르고 해서 오랜만이라 확인차 연습을 했어요."

"아직 주차는 더 연습하셔야 할 것 같습니다, 전하."

심재원은 웃는 얼굴로 내 아픈 곳을 푹 찔러 왔다.

"그러게요."

"그래도 원래 운전을 많이 안 하셨던 것으로 아는데, 이 정도 하시는 것도 대단하십니다. 저는 운전하려고 해도 나이가 들어서인지 안 되어서 포기했습니다."

심재원은 내게 부러운 표정으로 말했다.

과거에는 운전하는 것도 하나의 기술로 봤다고 하더니 정말인 것 같았다.

"별로 어렵지 않으니 다시 한 번 도전해 보세요."

운전은 제대로만 배우면 금방 배울 수 있고, 공간 감각만 있다면 금방 잘하게 된다고 생각해서 심재원에게 말했다.

"아닙니다. 저는 그냥 기차와 이 두 다리로 다니고, 정말 급할 땐 다른 요원들이 있으니 그들과 함께 이동하겠습니다,

전하.”

운전 연습한 시간이 꽤 오래되었는지 어느덧 해가 뉘엿뉘엿 지고 있었다.

정비소의 직원들도 장비를 정리하고, 퇴근할 준비를 하는 게 눈에 보였다.

“심 사무도 일이 끝났으면 함께 저녁을 먹으러 가지요.”

“알겠습니다. 금방 정리하고 나오겠습니다, 전하.”

“저도 그럼 준비하고 오겠습니다, 전하.”

주차를 마치고 나와 심재원이 대화하는 것을 조용히 기다리고 있던 최지헌은 심재원이 대답하고 안으로 들어가자 자신도 내게 와서 말하고는 사무실로 들어갔다.

8장

며칠간 큰일 없이 똑같은 일상을 보냈다.

아침엔 씻고, 이발소를 들렀다.

제국익문사의 사무소로 출근해 이런저런 자료와 정보를 확인하고, 지시할 일은 지시했다.

그리고 오후에는 달리기와 근력 운동으로 이번 탈출을 하면서 보인 체력의 약점을 보완하기 위해서 노력했다.

물론 세숫물을 안 가져오게 되고 나서는 아침에 내가 우물가로 가서 세수를 했는데, 펌프에는 마중물을 넣어야 펌프질이 되고 물이 나온다는걸 몰라서 헤맨 작은 해프닝도 있었다.

"이제는 물을 잘 올리십니다, 전하."

아침에 세수를 하기 위해 작두 펌프에 마중물을 넣고 펌프질을 하는 내게 아침 준비를 하다 물을 가지러 후원에 나왔던 이 상궁이 빙그레 웃으면서 말했다.

이 상궁은 내가 물을 못 길어서 헤매던 날 그 모습을 봤던 목격자 두 명 중 한 명이었다.

다른 한 명은 시월이었다.

"하하, 내가 바보도 아니고 이것을 못하겠는가? 이 상궁은 농이 심하군."

민망함을 감추기 위해 과장된 몸짓으로 웃으며 그녀에게 말했다.

"그러실 리가 없으시지요, 전하."

이 상궁도 내가 일부러 이런 과장된 몸짓을 한다는 걸 알아서 웃어넘겼다.

세수를 마치고 시월이가 준비해 준 수건을 쓰니 다른 제국익문사의 요원들도 하나둘 후원으로 나와서 씻었다.

이 건물에만 50여 명의 제국익문사 요원들이 있어서 아침의 후원은 언제나 사람이 붐볐다.

그런 그들을 위해 내가 먼저 나서서 큰 물통을 펌프 옆에 가져다 놓고 물을 길어 올렸다.

많이들 사용할 때는 큰 물통에 한 번에 끌어 올려 놓고 사용했는데, 오늘은 내가 일찍 일어난 만큼 그들을 위해 준비하기로 했다.

"어찌 전하께서 이런 일을 하고 계십니까? 전하, 제가 하겠습니다."

성심정비소의 정비사로 일하고 있는 요원이 내가 물을 퍼 올리고 있으니 뛰어와서 말했다.

"아닐세. 아침에 밥 먹고 출근하자면 바쁠 텐데, 난 다 씻었으니 자네나 얼른 씻게."

내게 온 요원에게 물을 가리키며 말했고, 그는 잠시 있다 어쩔 수 없이 씻기 위해 물을 한 바가지 떠서 세면대로 갔다.

세면대라기보다는 나무로 만들어져 물을 뜬 바가지를 올려놓고 세면대처럼 쓰는 곳이었다.

몇 분간 펌프질을 해 팔이 아플 때쯤 큰 물통이 가득 찼고, 펌프질을 멈췄다.

나는 출근 시간이랄 것이 따로 없었기에 후원의 의자에 앉아서 아침 사람들이 출근 준비를 하는 것을 구경했다.

한쪽에 앉아 있는 나를 발견하고 놀라는 사람, 인사하는 사람, 세수를 마치고 방으로 돌아가는 사람, 화장실 앞에서 급한 듯 뛰어 들어가는 사람, 그의 뒤에서 몸을 배배 꼬며 먼저 들어간 사람이 나오기를 기다리는 사람까지…….

많은 사람이 사는 이곳의 아침 풍경은 대한제국 최고의 정보 요원들이 모여 살고 있는 것 같지 않게 여느 대학교 기숙사의 아침 풍경과 전혀 다르지 않았다.

그런 그들의 모습을 바라보고 있다 배가 고파질 때쯤 식당으로 들어가 시월이가 앉아 있는 자리에서 함께 아침을 먹었다.

"전하, 정정화 부인께서 찾아오셨습니다."

아침을 먹고 방에서 출근 준비를 하고 있을 때 문밖에서 시월이의 목소리가 들렸다. 옷매무새를 끝마치고 말했다.

"모시거라."

이 건물에서 조용히 대화가 가능한 사무실은 없었기에, 대화를 하려면 1층의 식당이나 내 방에서 해야 했다.

그래도 조용한 대화를 하기에는 내 방에서 하는 게 나아 방으로 들였다.

방문이 열리자 정정화는 내가 머무는 방을 보고 놀란 표정이 되었다.

사무실이라 생각했던 곳이 내 방이어서인지 아니면 내 방이 자기 생각보다 작아서인지는 알 수 없었다.

"또 뵙는군요. 이쪽으로 앉으세요."

방 안에 있는 작은 탁자를 가리키며 말했다.

"네? 네, 전하."

정정화는 당황해 있다가 내 말에 정신을 차리고는 내 방의 탁자로 와서 앉았다.

"어쩐 일로 오셨나요?"

"아, 전하, 다시 만나게 되어 영광입니다, 전하."

자리에 앉아 있던 정정화는 내가 자신의 앞에 앉자 그제야 내게 인사를 안 했다는 게 생각난 듯 자리에서 일어나 내게 인사했다.

"네, 나도 부인을 만나 뵙게 되어서 영광이네요. 오늘 오신 일은⋯⋯?"

"아, 맞다! 네, 아, 그렇습니다. 아, 그게⋯⋯."

정정화는 놀란 마음이 진정이 안 되는지 당황하는 게 눈에 보였다.

그러는 사이 시월이가 차를 두 잔 타서 탁자 위에 내려놓았다.

"모두 들어 드릴 테니 일단 이 차부터 한 모금 하고, 천천히 말하세요."

정정화는 내 말에 시월이가 놓고 간 찻잔을 들어서 마셨다.

"고맙습니다."

"이제 좀 진정되셨나요?"

"네, 죄송합니다. ⋯⋯제가 오늘 찾아뵌 것은 일전에 말씀드렸던 한지윤 때문입니다, 전하."

한지윤이 누구인지 생각하니 금방 떠올랐다.

그녀가 알고 있다는 영국의 케임브리지 대학을 나온 의학박사였다.

"영국에 계시다는 사람 말인가요?"

"네, 지윤이는 지금 런던의 종합병원에서 근무하고 있고,

이게 그녀의 주소입니다. 항상 편지를 주고받고 있었는데, 홍콩이 일본에 점령당한 이후 한동안 편지가 오지 않다 어제 그녀가 보낸 편지가 도착했습니다, 전하."

"저에 대해서 말하셨나요?"

"아직 어떻게 말해야 할지 알지 못해 편지를 보내지는 못했습니다, 전하."

"음…… 좋습니다. 이 사람이 믿을 수 있는 사람입니까?"

무언가 일을 시키기 위해서는 되도록 직접 만나는 게 좋았지만 그게 안 된다면 내가 믿을 사람을 보내 확인해야 했다.

"제가 알고 있는 지윤이라면 믿을 수 있습니다. 그리고 그녀가 독립에 대해 한결같은 마음이라는 것은 여전히 그녀의 편지에 동봉해 보내오는 돈이면 충분해 보입니다, 전하."

"그렇다면 일단 편지는 계속해서 주고받으세요. 그리고 제 이야기는 쓰지 마시고, 며칠 내로 이름을 하나 알려 드릴 테니 그가 찾아가면 도와 달라고 해 주세요. 성재가 후원하는 인물이라고 하면 될 겁니다. 그가 성재를 대신해 영국으로 가서 일할 사람입니다."

아직 누구를 파견할지는 정하지 않았지만, 일단 영국으로 제국익문사의 요원을 한 명 파견해야 했다.

정치적인 능력이 있는 사람을 파견하거나 포섭하는 것이 가장 좋았으나 지금 당장은 마땅한 사람이 없어 일단 연락선부터 만들기로 했다.

"알겠습니다. 그럼 내일 알려 주시면 바로 편지를 작성해 보내도록 하겠습니다, 전하."

"고마워요. 앞으로 잘 부탁합니다."

"이미 남편과 함께 전하께 맡긴 목숨입니다. 제가 할 일이 있다면 하는 것이 당연합니다, 전하."

정정화는 대화를 마치고 밖으로 나갔다.

※※※

정정화와의 대화를 마치자마자 시월이와 함께 사무소로 출근했다.

며칠간 이미 출근해서인지 요원들도 나를 보고 놀라거나 하진 않고 자연스럽게 인사했다.

2층 사무실 안에 새롭게 생긴 내 자리로 가서 앉으며 심재원에게 말했다.

"심 사무, 혹시 우리 사무소에 영어를 능통하게 하는 사람이 있나요? 영국을 방문해 본 경험이 있으면 훨씬 좋아요."

"확인해 보도록 하겠습니다, 전하."

"그 사람과 대화를 해 봐야 하니, 되도록 빨리 확인했으면 좋겠군요."

"알겠습니다, 전하."

심재원은 내 말에 다른 요원들을 모두 내보냈다.

시월이까지 내보내고 난 심재원 사무는 자신의 책상 서랍을 분리했다.

"나도 나가야 하는 건가요?"

"아닙니다, 전하. 전체 요원의 이름과 경력이 적혀 있는 이 서류는 저와 경성의 독리, 단 두 사람만 가지고 있는 것으로, 보안을 필요로 하는 사항이라 그들을 내려보냈습니다. 제가 금방 확인해 말씀드리겠습니다, 전하."

사무는 내게 대답하고 나서, 분리한 서랍을 다시 한 번 분리했다.

그 아래에서 몇 가지 장치를 뜯어내고 나서야 한 권의 책이 나왔다.

책의 내용이 궁금하기는 했으나 군이 확인할 필요는 없어 심재원이 확인하는 것을 잠시 기다렸다.

심재원은 글을 확인하다 메모지에 몇 개를 적는 식으로 정리했다.

20분 정도의 시간이 흐르고 나자 확인이 끝난 듯 다시 서랍을 역순으로 조립하기 시작했다.

다 끝나고 나자 심재원은 문으로 가서 다시 사람들을 들어오게 했고 내게 자신이 적은 종이를 가지고 왔다.

"일단 영어가 가능한 사람은 백여 명이 넘으나 능통하다고 할 수 있을 정도는 여기 있는 40여 명입니다, 전하."

심재원이 내민 종이에는 이름과 직책이 빼곡하게 적혀 있었다.

"백여 명이라면 상당히 많은 숫자군요. 능통한 수준까
지 했는데도 40여 명이라면 제 예상보다는 훨씬 많은 것
같네요."

아직 이 시기에는 영어를 잘하는 사람이 얼마 없을 줄 알
았는데, 내 예상을 훨씬 뛰어넘는 숫자였다.

"이들은 주로 선교사를 통해 영어를 배운 사람들입니다.
미국의 선교사들이 선교하며 영어도 가르쳐서 영어는 일어
와 중국어 다음으로 많은 사람이 할 수 있는 언어입니다. 그
중에서 말씀하신 영국 경험이 있는 인물은 한 명뿐이었습니
다, 전하."

"그 사람이 누군가요?"

심재원은 내 말에 종이 처음에 적혀 있는 이름을 가리키며
말했다.

"이쪽 정진함丁鎭瓶 상임통신원입니다. 융희제 선황 폐하
의 명으로 경기도에서 상임통신원으로 근무한 인물로, 그는
초대 영국공사였던 민영돈閔泳敦과 민영돈의 귀국 이후 공사
대리를 수행한 이한응李漢應이 영국공사관으로 파견되기 전
그들보다 먼저 참사관으로 첫 공사관을 설치하는 업무부터
모든 일을 담당했었습니다. 이한응 서리공사가 을사늑약 때
자결한 이후 광무제 선황 폐하의 명을 받들어 그의 시신을
수습해 한성으로 돌아온 인물입니다. 대한제국의 영국 공사

관의 시작부터 끝까지 같이한 인물로, 7년을 영국 런던에서 지냈습니다, 전하."

일단 그의 경력은 내가 찾던 인물에 가장 가까워 보였다.

제국익문사 요원들의 외국어 실력은 다들 상당했는데, 다른 요원들과 비슷하다면 그 역시 영국식 영어에 상당히 능통할 가능성도 높았다.

"그가 정치적 활동도 했었나요?"

"그 부분은 표시가 되어 있지 않습니다. 하지만 참사관이기 때문에 그도 외교적 활동을 했을 가능성이 높습니다, 전하."

제삼자에게 확인하는 것보다는 본인에게 확인하는 게 가장 좋아 보여 말했다.

"그는 지금 어디 있나요?"

일반 통신원의 대부분은 중경에 있으나, 상임통신원급 이상은 아닌 경우가 많았다.

처음에 훈련소가 만들어질 때는 교육을 위해 중경에 있었으나, 그 이후 여러 활동을 하면서 경험 있는 그들이 현장에서 지휘하기 위해 이곳저곳으로 파견되는 경우가 많았다.

"지금은 소련을 통해 중경으로 돌아오고 있을 것입니다. 미국과의 활동을 위해서 차출되어 갔다가 이번에 교대하고, 중경으로 돌아오는 중이었습니다, 전하."

미국에 가 있던 사람이 교대하고 돌아온다는 것은 다행이었는데, 그 교대라는 것에 약간의 의문이 들었다.

"사무소는 임무지 교대를 하는 경우가 잘 없다고 들었는데, 교대하고 돌아온다는 건가요? 혹시 그의 건강이 좋지 않은가요?"

"그런 것은 아닙니다. 그가 돌아오는 것은…… 상임통신사 이상급의 인물이 많지 않은데, 초기 미국의 윤홍섭 박사를 도우려고 두 명이 따라갔습니다. 이후 교육이 끝난 통신원 세 명을 보내 미국 사무소에서 일하게 하고, 그는 혼자서 복귀 중입니다. 1~2주 정도면 중경에 도착할 것입니다, 전하."

누군가 지시한 듯 타이밍 좋게 돌아오고 있는 것에 만족스러웠다.

멀리 있는 독리가 이동을 지시했을 것인데, 그의 혜안은 확실히 범인을 넘어서는 것이었다.

"좋습니다. 그가 돌아오면 만나기로 하고, 오늘 훈련소 방문은 잘 준비되었나요?"

"오후에 방문하시면 됩니다. 혹시 궁금하실까 해서 준비한 세부 일정입니다, 전하."

심재원 사무는 내게 종이 한 장을 내려놓으며 말했다.

아침에 잠시 사무소에서 일을 보고 10시에 출발해 중간에 도시락으로 점심을 먹고, 3시간 정도 차를 타고 이동해 중간의 점심시간 1시간까지 포함해 오후 2시에 훈련소에 도착하는 일정이었다.

오늘 훈련소의 훈련 모습을 시찰하고 저녁을 훈련소의 훈련병들과 함께 먹고 하루 머문 뒤 다음 날 아침에 돌아오는 일정이었다.

"좋습니다. 오늘 심 사무는 따라가지 않는다고 했던가요?"

"무명과 최지헌 통신원이 함께 갈 것입니다. 그리고 경호를 위해 다섯 명의 통신원이 더 다른 차량으로 따라갈 것입니다, 전하."

"그래요. 슬슬 준비해야 될 시간이겠군요."

"이미 무명이 숙소에서 준비하고 있을 것입니다."

"그리고 내가 가고 나면 정정화 부인에게 사람을 보내 이름은 그 사람이 올 때까지 2주 정도 더 걸릴 것 같으니 확인하는 대로 알려 준다고 전하세요."

"알겠습니다, 전하."

심재원과의 대화를 마치고 나를 기다리고 있던 최지헌, 시월이와 함께 숙소로 돌아오니, 이미 두 대의 차가 기다리고 있었다.

이곳으로 올 때와 비슷하게 승용차 한 대와 카고 트럭 한 대가 준비되어 있었다.

경호하는 통신원들은 카고 트럭에 실려 있는 총을 꺼내 장비를 확인하고 있었고, 트럭 뒤에는 술과 음식도 많이 실려 있었다.

"준비를 마쳤나요?"

내가 차로 다가가니 무명이 대기하고 있다 내 쪽으로 와서 고개를 숙이는 것으로 대답을 대신했다.

그리고 자신의 품속에서 작은 수첩 하나를 꺼내 무언가를 적어 내게 보여 줬다.

총과 무기, 사람은 준비되었습니다. 그리고 심재원 사무가 직접 술과 음식을 준비해 줘서 그것도 다 실었습니다. 언제든 출발하셔도 됩니다, 전하.

그가 보여 준 수첩에는 그가 하고 싶은 말이 적혀 있었는데, 내게 적은 말 말고도 그 위로 이전에 적었던 말로 짐작되는 말들도 적혀 있었다.

"좋습니다. 짐만 가져오면 바로 출발하도록 하죠."

내 말에 무명은 급히 자신의 수첩에 글을 적어 내게 보여 줬다.

차량에 실어 놨습니다, 전하.

그의 말에 차를 확인하니, 시월이가 아침에 챙겨 놓은 짐이 실려 있었다.

"그럼 바로 출발합시다."

꽃무늬

숙소에서 출발한 차는 중경 시내를 거쳐 반대편으로 빠져 나갔다.

시내를 빠져나갈 때 잠시 검문이 있었으나, 최지헌어 보여준 통행증을 보고는 바로 검문 없이 통과되었다.

차는 얼마 지나지 않아 관도로 접어들었다.

"이곳은 군인들이 없나요?"

중경으로 들어올 땐 국민당군이 막고 있었기에 운전을 하는 최지헌에게 물었다.

"아직은 없습니다. 군인들은 일본군이 올 수 있는 쪽으로 주둔해 있어 이쪽으론 중경을 빠져나올 때 있는 검문소를 빼고는 없습니다. 그들보다는 굶주린 사람들이 변한 도적 떼가 더 무섭습니다. 경호 인력은 그들에 대한 경계로 따라온 것입니다, 전하."

차는 한참을 달리다 산속 한 곳에 잠시 정차해 점심을 먹고 다시 30분 정도 더 달렸다.

그러자 관도와 갈라지는 길이 나왔고, 그곳에서부터는 관도가 아닌 산속으로 달리기 시작했다.

산속에 있는 작은 화전 마을처럼 보이는 곳이 나타나자 차가 속도를 줄였다.

"저곳이 훈련소입니다, 전하."

"마을처럼 보이는군요."

실제로 눈앞에 보이는 것은 40가구 정도가 모여 살 법한 화전 마을이었다.

그리고 마을 한쪽에는 학교처럼 보이는, 그중에서는 큰 건물 두 개가 있었다.

차는 큰 건물 앞에 있는 운동장으로 이동했고, 운동장으로 들어가는 곳에는 '대한인조선어학교'라고 적혀 있는 명판이 붙어 있었다.

"실제 피난 온 대한인 수십 가구가 모여 사는 화전마을처럼 되어 있습니다. 거주 허가를 받을 때도 그런 식으로 허가받아 중국 관원들도 그렇게 알고 있습니다, 전하."

남의 땅에 훈련소를 짓는 것 자체가 쉽지 않았을 텐데 제국익문사와 성재가 잘 꾸며서 만든 것 같았다.

이미 내가 온다는 소식을 들은 것인지 이미 마을 입구부터 많은 사람이 나와서 기다리고 있었다.

일본 제국의 공족으로 시찰을 다닐 때도 똑같은 환영을 받았지만, 지금 나를 마중 나온 사람들이 주는 느낌은 전혀 달랐다.

"전하, 훈련소의 방문을 감축드립니다. 소인은 훈련소장이자 제국익문사의 사기인 피재길皮載吉입니다, 전하."

차에서 내리자 무명과 똑같은 계급이지만 훨씬 나이가 많이 보이는 인물이 나를 환영하기 위해 나와 서 있었다.

"고생이 많아요. 진작에 방문했어야 했는데, 너무 늦었네요."

"아닙니다. 이미 전하께서 술과 고기를 보내 주셔서 다들 행복해했습니다. 이렇게 방문해 주시니 몸 둘 바를 모르겠습니다, 전하."

피재길과 인사하고 나서, 그 뒤로 그의 소개에 따라 여러 사람과 인사했다.

그중에는 이미 내가 처음 중경사무소에 도착했을 때 나를 환영했던 상임통신원들도 있었다.

"중경에서 가져온 식재료와 술이 있으니 그것도 내려 주세요."

내 말에 피재길이 사람들에게 지시했고, 카고 트럭에서 음식과 술 상자가 옮겨졌다.

그것들을 옮기자 환영하러 나온 인파에서 나를 환영했을 때와 비슷한 환호가 터져 나왔다.

그런 그들을 뒤로하고, 피재길의 안내에 따라 이곳에서 사무소로 사용하고 있는 건물로 들어갔다.

조촐하게 꾸며져 있는 사무소는 중경의 사무소에 절반 정도밖에 되지 않았지만, 책상은 훨씬 더 놓여 있어 더 복잡하게 느껴졌다.

"전하, 이 먼 곳까지 와 주셔서 감사합니다. 일단 이곳에 대해서 간략하게 설명드리겠습니다, 전하."

일본군 시찰 때와 비슷하게 보고를 했다.

다만 그때는 보고자가 따로 있었다면 피재길 사기는 자신이 이곳의 책임자인 훈련소장이면서도 직접 나서 보고했다.

"지금 이곳에 거주 중인 인원은 총 413명으로, 훈련병이 250명, 훈련병과 통신원의 가족이 123명, 그리고 훈련 교관이 저를 포함해 40명이 있습니다. 일단 기본 방침은 전하께 윤허를 받고 독리가 정한 대로 훈련병과 요원 들의 가족은 전적으로 본사에서 책임지고 있습니다. 이곳까지 온 가족들은 이곳에서 보급품을 지급해 의식주를 지급하고 있습니다. 넉넉하지는 않으나, 부족하지 않게 지급하기 위해 노력하고 있습니다. 훈련병 250명 중 50명은 1기 졸업생 중에서 심화 교육을 받는 인원들로, 요원 암살과 폭파는 직접 특화 교육하고 있고, 이 인원 외 13명의 의학 심화 과정에 있는 1기생은 임시정부의 재무부장인 이시영을 통해 국립쓰촨대학四川大學에 위탁 교육을 의뢰해 지금은 청두成都시에서 교육하고 있습니다. 그리고 지금 교육 중인 훈련병들은 이미 2년 차에 접어드는 교육생으로……."

피재길의 보고는 간략하지만, 이곳의 사정을 알기에는 충분했다.

임시정부의 광복군 숫자가 3백 명이 안 되는 것을 고려하면, 제국익문사의 병력 숫자는 상당히 많았다.

이미 1기 교육을 마치고 중국 등지와 한반도 안에서 활동하는 요원이 2백 명에 달했고, 앞으로 교육을 마칠 인원도 250명이 더 있었다.

"그럼 이제 다음 기수는 훈련이 없는 것인가요?"

피재길의 보고가 끝나고 질문했다.

"전하께서 처음 이야기하셨던 대로, 계미癸未년(1943)을 목표로 교육해, 더는 훈련병을 모집하고 있지는 않습니다. 그리고 독리의 판단으로도 더 모집할 경우에는 현재의 자금으로는 유지가 힘들어질 것이랍니다. 이미 교육을 위해 사용하는 금액도 처음 예정했던 금액을 약간 넘은 상태입니다, 전하."

사람이 많으면 많을수록 좋겠지만, 그들을 먹고 입히고 활동을 위해 움직이는 게 전부 돈이었다.

사람을 모으는 것도 힘이 들었지만, 그들을 모은다고 해도 그 뒤로도 다 돈이었기에 독리가 어쩔 수 없이 판단한 것 같았다.

"좋습니다. 여기 있는 최지헌 통신원처럼 이곳에서 훈련해 활동하는 인물들도 뛰어난 능력을 보여 주고 있는 것은 전부 훈련소장인 피재길 사기의 노력 덕분입니다. 앞으로도 이렇게 노력해 주세요."

"아닙니다. 전하의 배려가 있어서 이렇듯 능력 있는 요원들을 키워 낼 수 있었습니다, 전하."

보고가 끝나고 피재길 훈련소장을 비롯해 모든 교관들과 일일이 악수하며 그들의 노력에 대해 고마움을 표시했다.

그런데 피재길 훈련소장의 보고를 듣는 내내 내 뒤편에서 서 있던 최지헌의 표정에 놀라움이 묻어 있어 신기하게 느껴졌다.

보고를 마치고 훈련 교장을 보기 위해 이동할 때 그에게 조용히 질문을 던졌다.

"보고 내내 놀라는 표정이었는데, 그대가 훈련소에 있을 때와는 달라졌는가?"

1년 전까지만 해도 그도 이 훈련소에서 훈련을 받고 있었기 때문에 별로 달라진 것이 없을 텐데 신기해서 물었다.

"아닙니다. 제가 놀란 것은 훈련소장님의 말투와 태도였습니다. 전 단 한 번도 저렇게 공손한 것을 본 적이 없었습니다, 전하."

자신보다 상관의 앞에서라면 공손해지는 게 당연한데 왜 이상한지 알 수 없어서, 그가 평소에 어떠했는지 궁금해졌다.

"자네가 훈련소에 있을 때는 피재길 훈련소장이 달랐는가?"

"저희 1기생들 사이에서 훈련소장님의 별명은 야차夜叉였습니다. 생존 훈련 같은 훈련소장님이 주관하는 훈련이 있는 날이면 전부 죽었다고 생각하고 훈련에 임했을 정도로 훈련 강도가 엄청났지요. 그리고 그것을 진행하는 훈련소장님의 모습은 불법을 수호하는 야차와 같았습니다, 전하."

그가 훈련하면서 어느 정도로 엄격하게 했는지가 눈에 보일 정도로 최지헌의 눈에는 두려움이 느껴졌다.

"많이 힘들었나 보군요……. 무명, 그는 어떤 사람이었습니까?"

최지헌을 원래 자리로 돌려보내고 나를 경호하기 위해 따라다니는 무명에게 물어보자 그는 금방 자신의 수첩에 글을 적어 내게 넘겨주었다.

의학적 지식이 뛰어난 집안에서 태어난 사람으로, 본사의 경성훈련원의 원장이었던 사람입니다.

훈련생들을 엄하게 가르치기로 유명하지만, 실상은 마음 씀씀이가 따뜻한 인물입니다.

단지 자신이 가르친 훈련생에게 자신이 악마와 같은 모습으로 기억되어야지 극한의 상황에서 그들의 정신이 흐트러지지 않는다는 일념으로, 절대 훈련생들에게 부드러운 모습을 보여 주지 않았다고 들었습니다, 전하.

무명 사기가 건네준 수첩에는 피재길 훈련소장만의 훈련 신념으로 보이는 말이 적혀 있었다.

그의 훈련 방법이라면 내가 참견할 것이 아니었다.

"그렇군요. 알겠습니다. 고마워요."

무명은 내게서 수첩을 받아 가며 아무것도 아니라는 듯 고개를 숙여 보였다.

훈련소장의 안내를 따라 학교와 같이 생겼던 건물로 이동하니 운동장에 2백 명의 훈련병이 다 모여 있었다.

"1기생들은 오늘이 생존 훈련 마지막 날이라 오후에 복귀할 것이고, 지금 여기는 2기생 2백 명만 모여 있습니다. 좋은 말씀을 해 주시면 그들의 마음속에 품고 살아갈 것입니다, 전하."

피재길 훈련소장의 말에 단상의 중앙으로 걸어가면서 미리 준비했던 종이를 다시 한 번 확인했다.

내가 훈련소를 방문하면 좋든 싫든 이런 식으로 이들에게 무언가 말해 줘야 하는 일이 있을 거라 생각해 준비해 온 종이를 확인했다.

그러고는 그 종이를 다시 주머니에 넣고, 중앙에 섰다.

중앙에서 모여 있는 2백 명의 훈련병을 바라보니 그들의 눈에서 안광이 내게로 뿜어져 나왔다.

"햇살이 뜨거운데 훈련을 하시는 그 노고에 감사드립니다. 또한, 훈련을 해야 하는 이 시간에 저 한 사람을 위해 모여 주셔서 감사합니다. 제 소개 먼저 하자면 저는 여러분들의 독립에 대한 열망이 실현될 수 있게 방법을 찾아 함께 걸어가는 사람입니다. 그대들과 나는 서로의 역할은 다르지만 같은 목표를 위해서 노력하고 있는 사람들입니다. 우리가 노력한 한 걸음 한 걸음은 2천만 동포가 함께 살아갈 집의 주춧돌이 되고, 기둥이 되며 들보가 되고, 대들보가 될 것입니다. 함께 걸어 나갑시다."

내가 학창 시절 교장 선생님의 말을 듣기 위해 운동장에 모이는 것은 전혀 기쁘지 않았고, 오히려 짜증만 났다.

거기다 교장 선생님의 말이 '마지막으로…….', '또…….', '끝으로…….' 같은 말로 끝날 듯 끝날 듯 이어질 때는 그 짜증도가 점점 올라갔었기에 말은 최대한 빨리 끝냈다.

하지만 그 한마디 한마디에 모두 힘을 주어 말했다.

"와!"

"대한 독립 만세!"

"와!"

내 말이 끝나고 잠시간의 정적이 이어지다, 엄청난 환호성으로 대답을 대신했다.

더러는 누군가 외치는 대한 독립 만세가 들렸고, 그 속에 작은 목소리지만 황제 폐하 만세라는 말도 섞여서 들렸다.

"일단 훈련병들의 평소 훈련 모습을 보고 싶은데, 괜찮겠습니까?"

이곳에 오기 전부터 심재원에게도 훈련을 참관할 수 있게 말했었지만 한 번 더 훈련소장에게 물었다.

"오시기 전에 말씀하신 대로 행사는 여기까지만 하고, 각 교관들이 인솔해 오후 훈련을 진행할 것입니다. 사무실에 잠시 기다리셨다가 훈련이 진행되는 것을 보시면 됩니다, 전하."

그의 말을 따라 사무실로 자리를 옮겨 운동장의 훈련병들이 각 교관의 인솔에 따라 이동하는 것을 기다렸다.

훈련병들이 각 교실로 이동하고 나서, 피재길의 안내를 따라 이동했다.

"오늘은 훈련병이 세 종류로 나뉘어서 교육받고 있습니다. 외국어에 대한 공부와 정보 취득 방법, 정보의 활용 방안 수업으로 나누어서 진행하고 있습니다. 외국어와 정보 취득 방법 및 보고 방법은 교관의 설명으로 이루어지는 수업이고, 정보 활용 방안은 토론으로 진행되는 수업입니다, 전하."

훈련소의 교육이라고 해 군대에서 몸으로 구르면서 배우는 것으로 여겼던 내 생각과는 다르게 앉아서 수업하고 있는 모습이었다.

"원래 이렇게 교육하는가요?"

혹시 내가 왔다고 해서 훈련을 안 하고 보여 주기 식으로 하는 것은 아닌가 의문이 들어 물었다.

"그렇습니다, 전하. 보통 오전에 체력 단련을 하고, 오후에는 이론 수업이 주를 이루고 있습니다, 전하."

"내가 생각했던 것과는 조금 다르군요. 아무래도 제국익문사라고 하면 요원으로서 뛰어난 체력과 사격 기술을 생각해 당연히 군사훈련이 주를 이룰 것이라고 여겼어요."

"생존 훈련 기간과 군사훈련에 잠시 집중하는 기간들이 있기는 하나, 우리 사의 특성상 정규군 아닌 정보전에 특화되어 있어 정신교육과 지식 교육이 주를 이루고 있습니다. 정규 전투에서는 광무군에게 밀리겠지만, 요인 암살과 폭파 같은 비정규전에는 우리 사의 요원들이 더 특화되어 있습니다, 전하."

처음 독리와 계획을 수립할 때에도 일본군과 전면전으로 이기기는 우리의 힘만으로는 힘들다고 판단해 광무군의 훈련보다는 제국익문사의 훈련에 더 많은 노력과 돈을 투입했기에 이들의 훈련 방식도 이해가 되었다.

창문 너머로 보이는 훈련병들의 토론 열기와 그들의 반짝이는 눈빛이 얼마나 진지하게 토론에 임하는지를 보여 줬다.

"생존 훈련을 가게 되면 무엇을 하는 것입니까?"

토론하는 모습을 보며 군사훈련을 하는 1기생들의 모습이 궁금해 피재길에게 물었다.

"이번 생존 훈련은 일주일간 최소한의 장비를 가지고 산속에서 생존하는 것입니다. 교관들이 돌아다니며 경계 태세의 상태와 생존하는 중 주어지는 임무를 얼마나 잘 수행하는지를 평가하고 있습니다. 생존 훈련 중 임무는 주로 훈련병을 3개 조로 나눠 서로가 가지고 있는 정보를 탈취하거나, 각자

본부의 특정 물품을 확보하도록 하고 있습니다, 전하."

그가 설명하는 말이 내가 알고 있던 군대의 훈련과 가장 비슷해 보였다.

"그 훈련은 지켜보기가 힘들겠군요."

"교관들도 모든 훈련병의 모습을 평가하기 위해 노력하지만 전부 확인은 불가능하고, 훈련 평가는 임무 수행도와 교관이 확인한 부분 그리고 동료들 간의 평가로 이루어집니다. 지금 훈련받고 있는 1기생들은 1기생 전체에서 좋은 평가를 받아 심화 훈련을 하고 있는 훈련병입니다, 전하."

피재길의 설명을 들으면서 교육받는 모습을 한참 보고 있을 때 운동장이 소란스러워지기 시작했다.

그리고 연한 녹색의 훈련복을 입고 있는 요원 한 명이 와서 피재길에게 귓속말을 했다.

"전하, 말씀드렸던 1기생이 생존 훈련을 마치고 복귀했다고 합니다. 가셔서 치하를 해 주시는 것도 좋을 것으로 생각됩니다, 전하."

"그래요? 그럼 당연히 가야죠."

피재길의 안내를 받으면서 이동한 운동장의 단상에는 의외의 인물이 나를 기다리고 있었다.

"약산?"

"아, 이 동지! 동지가 왔다는 말은 들었는데, 며칠 만에 보니 이렇게 반가울 수가 없소."

약산은 며칠 전 이발소에서 깔끔한 머리로 헤어졌던 것과는 다르게, 지저분한 머리와 수염 그리고 흙이 묻어 있는 옷으로 나를 반겼다.

"며칠 전에 뵐 때와 많이 변하셨군요. 그런데 여긴 어쩐 일이세요?"

약산이 나와 함께하는 인물이었지만, 제국익문사와는 접점이 많지 않았다. 거기다 이 훈련소까지 올 만한 인물은 아니라 놀라 물었다

"이 동지를 놀라게 해 주기 위해 성재와 심재원 사무에게 비밀로 해 달라고 했는데, 유지가 되었나 보군. 제국익문사에서 훈련을 한다는 말을 듣고, 나와 의열단원 몇 명도 함께 훈련받기 위해 이번 생존 훈련에 참여했소."

약산은 웃으면서 내게 말했다.

"훈련은 괜찮던가요?"

나에게까지 비밀을 유지한 성재와 심재원의 뜻이 궁금했으나, 아마도 나를 놀라게 하기 위한 것이 아니었을까 생각했다.

"제국익문사 요원의 능력이 출중하다 생각했는데, 직접 와서 훈련을 받으니 그들의 실력이 이해가 되었소. 이 정도로 2년간 훈련을 받았다면 정예군이 되지 않는 게 이상할 정도로 훈련의 강도가 강했소."

"고생하셨어요."

약산의 말을 듣고 아래를 내려다보니 나를 데리러 왔었던 의열단 단원 중 한 명이 눈에 들어왔다.

전부 연녹색의 군복을 입고 있는데, 그 의열단원과 약산과 함께 온 것으로 보이는 네 명의 사람만이 군복을 입지 않고 있었다.

이미 운동장에는 녹초가 된 훈련병들이 모여 있었는데, 그들을 빨리 쉴 수 있게 해 주어야겠다는 생각으로 단상의 중앙으로 나갔다.

"여기 있는 약산에게 들으니 이번 훈련의 강도가 엄청났다더군요. 여러분들의 구슬땀이 중요하게 쓰일 날이 올 것입니다. 수고하셨습니다."

짧은 말을 마치고 피재길에게 눈짓을 주자 그가 중앙으로 나와서 훈련병들의 노고를 위로하고, 훈련을 마무리 지었다.

첫날의 공식 일정을 마치고 훈련소에서 준비해 놓은 숙소로 향했다.

외부 손님이 오면 머무는 곳이라고 소개받았는데, 단층 건물이라는 것이 다르고 내부는 중경에서 내가 생활하는 공간과 비슷했다.

작은 방에 침대와 탁자 하나가 전부였고 내 양 옆방은 시월이와 최지헌의 사용했는데, 같은 건물을 약산과 의열단원들도 함께 사용했다.

저녁은 내가 가져온 고기와 술로 작은 마을 잔치가 열렸고, 온 마을 사람들과 즐거운 저녁을 먹었다.

마을에 있는 공터인 훈련소 건물 앞 운동장에 내가 준비해 온 고기와 술이 놓였다.

고기는 이곳의 사람들이 구워 먹을 수 있게 통으로 손질해 불판 위에서 올렸고, 이 상궁이 신경 써서 준비해 준 탁주도 함께 곁들여 먹었다.

화북정무위원회가 자금성에서 준비한 만한전석 같은 화려한 저녁은 아니었지만, 소수의 사람이 웃음을 짓던 것과는 다르게 이곳에 머물고 있는 4백여 명의 사람들 전부가 남녀노소가 없이 모두 함께 맛있는 음식과 술을 먹으며 즐거운 웃음꽃을 피워 포근한 느낌의 저녁이었다.

처음 나를 어려워하던 사람들도 내가 그들 속으로 들어가 함께 웃고 떠드니 얼마지 않아 내게 익숙해져 함께 웃고 떠들었다.

※

다음 날 아침, 훈련소에서 울려 퍼지는 기상나팔 소리에 눈이 뜨였다.

훈련소 쪽으로 나 있는 창문을 열어 확인하니, 훈련병이 아침 점호를 위해 조금씩 모여들기 시작했다.

내가 부산스러운 소리에 시월이가 내 방문을 열고 들어왔다.

"기침하셨습니까, 전하?"

"그래, 너도 잘 잤느냐?"

"침대가 편안해 밤새 평안하였습니다. 전하께서도 평안하셨습니까, 전하?"

"오랜만에 군대에 있는 느낌이 들어서인지 몸이 찌뿌둥하는구나, 저들은 아침 운동을 위해서 모이는 것인가?"

창문 너머 모이고 있는 훈련병들을 가리키며 묻자 시월이도 그 모습을 확인하고는 대답했다.

"아침 일어나면 연병장에 모여 구보를 한다고 들었습니다, 전하."

"그래? 그럼 나도 함께해야겠구나. 아침은 그 이후에 병사들과 함께 먹을 것이니 신경 쓰지 마라."

시월이에게 말하고 나서 옷을 갈아입고 훈련병들이 모이고 있는 운동장으로 나갔다.

일본군에 있을 땐 집에서 출퇴근해 아침 구보할 일이 없어 집에서 따로 혼자 운동해 아침에 훈련병이 전부 모여 있는 곳으로 가니 신기한 기분이었다.

어제의 회식으로 이전보다 나와 친해져서인지 내가 무리에 다가오자 잠시 웅성거림은 있었으나 놀라거나 하지는 않았다.

그들의 자리가 정해져 있는 곳에 내가 들어가면 안 될

것 같아, 제대에 들어가지 않고 제대의 앞에, 한쪽으로 서 있었다.

내가 서 있으니, 내 뒤로 이제 막 나온 최지헌과 나를 경호해서 온 통신원 다섯 명, 의열단, 약산이 섰다.

"임오壬午년 병오丙午월 정사丁巳일 일조점호를 시작하겠……습니다, 보고."

당직사령이 아침 점호를 주관하기 위해 말하면서 나오다 나를 보고 잠시 놀라고는 다시 점호를 주관하기 시작했다.

"2기생 총원 250, 열외 무, 현재원 250 이상."

각 제대별로 대표자가 보고를 했고, 점호 순서에 따라 진행되었다.

나와 의열단원은 기본적으로 이곳에 속한 사람이 아니어서인지 보고하지는 않았는데, 간단한 아침 점호가 끝나고 바로 구보를 시작했다.

당직사령의 지휘 아래 나는 의열단원의 제대장이 되어서 인솔했다.

오랜만에 하는 구보는 평소 내가 운동을 얼마나 하지 않았는지 알려 주었다.

처음에는 일행을 잘 따라갔으나 산길로 접어들고 나서는 속력이 떨어졌고, 나를 경호하는 최지헌과 통신원들만 제대에서 빠져나와 함께 대열의 가장 마지막에서 겨우 따라갔다.

대열보다 늦기는 했지만 포기하지 않고 뛰었고, 다른 사람들보다 조금 늦게 구보를 마칠 수 있었다.

아침 점호와 구보가 끝나자 일부 인원은 씻기 위해 건물로 들어갔고, 나와 의열단원, 그리고 1기생 쉰 명은 당직사령이 정한 순서대로 아침을 먹기 위해 식당으로 이동해 아침 식사를 했다.

시월이도 내가 아침을 먹으러 가는 것을 본 것인지 우리 대열에 자연스럽게 합류해 아침을 먹었다.

"저는 이 아침이 마지막 일정인데, 약산은 어떤가요?"

아침 운동의 영향인지 입맛이 돌아 맛있게 아침을 먹다가 내 맞은편에서 밥을 먹고 있는 약산에게 물었다.

"우리는 내일 있을 사격 훈련도 함께하고 나서 중경으로 돌아갈까 생각하오. 아무래도 탄이 비싸다 보니 훈련을 잘하지 못하는데, 마침 사격 훈련이 있다고 하니 얹혀서 할까 하는데, 이 동지 괜찮겠소?"

이미 답은 정해 놓고 물어 오는 약산의 능글맞은 표정에 웃음이 나왔다.

"돈 걱정은 하지 마시고, 마음껏 훈련하세요."

"역시 이렇게 고깃국도 나오고, 돈은 넉넉한 게 좋은 것이오."

약산은 아침으로 나온 고기를 넣어 끓인 뭇국을 떠먹으면서 말했다.

웃으며 말하는 약산이 얄밉거나 하지는 않았고, 오히려 그의 농담에 웃음이 나왔다.

"그 좋은 돈을 모아야 하니, 약산도 앞으로 열심히 일해 주세요."

"내 전공은 돈을 버는 게 아니라, 폭탄 같은 걸로 돈을 쓰는 것이오. 이 동지가 지원만 해 준다면 언제든 돈을 써 줄 수 있으니 말만 하시오."

"제 주위에 돈 쓸 사람이 너무 많아 약산까지 순번이 돌아갈지는 모르겠네요."

약산과 실없는 농담을 주고받으며 아침 식사를 마쳤다.

아침을 마지막으로 훈련소 시찰 일정을 마무리했고, 이곳으로 올 때 타고 왔던 차를 타고 다시 중경으로 돌아왔다.

9장

　중경으로 돌아오자 숙소에서 심재원이 나를 기다리고 있었다.

　"전하, 시찰은 잘 다녀오셨습니까?"

　"심 사무의 배려 덕분에 약산을 보고 놀라긴 했으나, 즐겁게 다녀왔어요."

　"약산이 꼭 전하께는 비밀로 해 달라고 했고, 비밀로 하면 전하께 소소한 재미가 되실 것 같아 비밀로 했습니다. 기분이 나쁘셨다면 죄송합니다, 전하."

　내 표정이 그리 나쁘지 않아서인지 심재원은 조심스럽게 미소를 지으며 말했다.

　"놀라는 것이야 연기를 잘할 테니 앞으로는 내게 비밀 같은 것이 없었으면 좋겠군요."

제국익문사가 내게 해가 될 만한 비밀을 가지거나 나 모르게 일을 진행할 리는 없었지만, 농담을 섞어서 심재원에게 말했다.

"앞으로는 조심하겠습니다, 전하."

"장시간 차를 타고 와서 조금 피곤하니 중요한 보고가 아니라면 나중에 했으면 하는데 괜찮은가요?"

"전하께서 다녀오시는 것이라 마중하기 위해 나왔습니다. 며칠간 특별한 일은 없었으니 편히 쉬십시오, 전하."

나를 마중하기 위해 나온 사람들과 간단히 인사하고, 숙소로 돌아왔다.

하루 떠나 있었던 숙소였지만 지난 며칠 동안 지내서인지 이곳이 집처럼 느껴져, 숙소의 침대에 누우니 편안한 느낌이 들었다.

아침에 간단히 세수하고 씻지도 않은 상태에서 잠시 누워서 쉰다는 게 침대의 편안함에 금방 잠들어 버렸다.

훈련소를 다녀오고 며칠 동안 평소와 똑같은 날을 지내고 있을 때 임시정부에 사람이 찾아왔다.

"어서 오세요, 차 비서장."

"환영해 주셔서 감사합니다."

임시정부에서 나를 찾아온 차리석 비서장은 내게 정중하

게 인사했다.

차리석이 왔다는 말을 듣고 2층에서 서류를 살피고 있다 1층으로 내려오니, 차리석 비서장은 중앙 소파에 앉아 있다가 계단을 내려오는 날 발견하고는 자리에서 일어나 내게 인사했다.

"무슨 일로 오셨나요?"

임시정부와 함께한다고 했지만, 차리석은 김구의 심복이었고 나와는 딱히 접점이 많지 않은 인물이었다. 그런데 나를 찾아와 궁금해 자리에 앉자마자 물었다.

"일전에 보내신 선물에 보답하기 위해서입니다. 주석께서 선물에 감사하시며, 전하께 도움이 될 만한 자리를 마련했습니다."

선물이라는 말에 무엇을 이야기하는 것이진 바로 떠오르지 않아 잠시 생각하니, 의친왕에게 받아 임시정부에 준 돈이 떠올랐다.

그 돈을 줄 때는 김구 주석에게 준다는 것도 있었지만 사실은 성재가 재무부장이 되었기에 그의 영향력을 더 크게 키울 생각도 포함되어 있었는데, 김구가 직접 내게 보답한다고 해서 놀랐다.

"자리요? 누구를 소개해 주시는 건가요?"

"장제스 중화민국 주석과의 자리를 마련했습니다."

장제스는 생각하지도 않고 있었는데, 뜬금없는 차리석의

말에 장제스를 만나는 게 내게 도움이 되는 일인지 잠시 생각했다.

내가 당연히 기뻐할 것으로 생각했던 차리석은 내 표정이 기뻐하는 기색 없이 진지하게 고민하자 오히려 그가 당황했다.

"공식적인 만남인가요?"

솔직히 장제스는 꼭 만나 봐야 하는 인물은 아니라고 생각했다.

지금 그가 중국을 완벽하게 장악하고 있는 인물도 아니었고, 중국은 워낙 크기가 커 아직도 각 지역의 군벌 중에서는 자신이 왕이라고 생각하는 사람도 있었다.

거기다 지금의 중화민국은 이미 난징에서 후퇴할 때 국민을 버리고 도망가 민심이 떨어질 대로 떨어져 있는 상황이었다.

그가 아직도 중화민국을 유지하고 있는 건 그 개인의 능력도 있었지만, 죽은 쑨원의 유산과 미국의 지원이 있는 게 훨씬 컸다.

이런 상황에서 굳이 거기다 내가 살아 있음을 비밀에 부치고 있는 지금 그를 만날 필요를 못 느꼈다.

그를 만나는 것보다는 미국을 움직이는 게 훨씬 나을 것으로 느껴졌다.

"아, 아닙니다. 공식 접견은 보는 눈이 많아 장제스 주석이 김구 주석을 저녁 식사에 초대한 형식으로 했습니다. 전하께서 오시는 것은 장제스 주석께서만 알고 계시고, 비밀을 유지해 주시기로 했습니다."

다행히 김구 주석도 그 부분에 대해서는 생각하고 있는 것인지 내 정체를 이곳저곳에 알릴 필요는 없는 것으로 보였다.

언젠가 한번 만나기는 해야 하는 상대였고, 김구 주석이 나름 마음을 써서 마련한 자리여서 좋게 생각하기로 했다.

"약속은 언제인가요?"

"장제스 주석이 공식 일정이 없는 다음 주 토요일 저녁으로 정했습니다. 저녁 5시 전에 임시정부로 오시면 김구 주석의 차를 타고 함께 들어가시면 됩니다."

"알겠습니다. 김구 주석에게 기쁘고, 고맙다고 전해 주세요."

이미 내가 크게 기뻐하지 않았다는 걸 차리석이 알고 있었지만, 마지막은 인사치레가 필요했다.

물론 차리석은 돌아가 내가 생각보다 기뻐하지 않았음을 보고할 테지만, 신경 쓰지 않았다.

차리석이 돌아가고 2층으로 올라와 다시 서류를 살펴볼 때 심재원 사무가 기쁜 표정으로 내게 다가왔다.

"드디어 한성에서 서신이 도착했습니다, 전하."

그는 웃으면서 내게 글자가 나오도록 작업한 서신을 가져왔다.

전하, 독리입니다.

이곳 경성에서는 의민 태자 전하와 사동궁, 운현궁 식구들이 모여서 전하의 장례식이 가족장으로 간단히 거행되었습니다.

혹시 전하의 죽음이 독립운동과 연결될까 우려해서였다고 배중손 상임통신원이 전해 왔습니다.

전하의 공족 위는 이청 저하에게 승계되었습니다.

또한, 여운형에게 원백을 전해서 상인연합회를 비롯한 지하 동맹의 동요는 없었습니다.

전하의 사망에 대해서는 대외적으로는 공표하지 않아 일본의 뜻대로 한반도 내에서 동요도 없었습니다.

또한, 진주에서 허만정과 구인회라는 사람이 찾아와 돈을 주고 갔습니다.

이 돈은 사람을 통해 보내니 중경에서 사용처를 정해 주셨으면 좋겠습니다.

다시 만나 뵙는 날까지 평안하시길 바랍니다.

-독리 올림

내가 걱정했던 것과는 다르게 심재원의 말대로 진행되었다.

내 죽음이 혹시 일본을 속이지 못했으면 어떻게 대응해야 하나 고민을 했었는데, 그런 고민이 전부 없어지는 답장이었다.

"심 사무의 말대로 되었네요."

"최지헌 통신원은 유능한 요원입니다, 전하."

내가 자신을 믿지 못했다고 생각했는지 심재원 사무는 웃으면서 대답했다.

"그래요. 그는 능력 있는 사람이지요. 이제 내 죽음도 확인되었으니, 다음 일을 진행하면 되겠군요."

"미국에도 다시 편지를 보내도록 하겠습니다, 전하."

"예정대로 진행하세요."

대화가 끝나자 심재원은 내게서 편지를 돌려받아 가지고 갔다.

운현궁에 있을 때는 모든 편지를 확인하고 불태웠는데, 이곳으로 오고 나서는 심재원 사무가 제국익문사의 문서 보관 방법에 따라 분류해서 보관하고 있었다.

기본적으로 조선은 문서를 중요시하는 나라였고, 제국익문사도 그런 나라에서 만들어진 기관답게 모든 서류를 문서로 남겨 보관하고 있었다.

어쩔 수 없는 상황이 되면 전부 태워 버리거나 해서 없애지만, 평소에는 문서를 잘 보관해 후에 이것이 역사가 될 수 있도록 노력했다.

경성에서 편지가 오고 난 다음 날 원래의 예정보다 며칠 빨리 미국에서 사람이 도착했다.

평소처럼 이발소에 들러 머리와 수염을 정리하고 사무실에 도착하니, 처음 보는 사람이 서 있었다.

"전하, 이 친구가 일전에 말씀드렸던 정진함 상임통신원입니다."

"상임통신원 정진함입니다. 만나 뵙게 되어 영광입니다, 전하."

심재원의 소개에 정진함이 내게 인사했다.

그런 그에게 손을 내밀어 악수를 청하며 대답했다.

"반가워요. 그대를 기다리고 있었는데, 생각보다 일찍 도착했군요."

"전하께서 소인을 기다리고 있다고 전해 들어 발걸음을 재촉해 조금 일찍 도착할 수 있었습니다, 전하."

정진함은 잠시 망설이다 내 손을 잡아 악수하고는 대답했다.

"먼 길을 온 사람인 것은 잘 알고 있으나 일단 나와 대화를 좀 해야 할 것 같네요. 금방 쉴 수 있게 할 테니, 이곳에잠시 대화를 나누죠."

"어젯밤에 도착해 아침까지 휴식을 취했으니 괜찮습니다,

전하."

정진함이 웃으면서 하는 대답에 나도 미소로 대답해 주고 2층에 있는 소파에 마주 앉았다.

물론 그는 앉으려고 하지 않았으나, 내가 강권하니 마지못해 소파 끝 쪽에 앉아 허리를 곧추세웠다.

"영국에서 있었다고 들었는데 맞나요?"

"광무 선황 폐하의 명에 따라 영국 공사관에서 참사관으로 근무했었습니다. 그땐 제국익문사 소속이 아닌 외무대신 밑에서 일했었습니다, 전하."

정진함의 대답에 주위를 잠시 둘러보고 혹시 외부인이 있나 확인했다.

성심정비소의 2층에 위치한 중경 사무소는 언제나 두 명 이상의 사람이 상주하면서 지키는 곳으로 외부인은 2층으로 올라올 수가 없었지만, 한 번 더 확인하는 생각으로 둘러봤다.

주위에 제국익문사의 요원만 있음을 확인하고, 정진함에게 말을 하기 시작했다.

"영국에서 활동할 정치가가 필요해요. 연합국의 주축인 3국 중에서 미국과 소련에서는 미약하나마 활동하는 인원이 있는데, 영국은 아직 아무도 없네요. 일의 중요성을 생각하면 반드시 영국에서 우리의 뜻대로 움직여 주고, 영국 정부와 협상을 진행할 사람이 필요해요. 그대가 외무부에서 근무했고 외교관으로 일해 본 경험이 있으니, 직접 영국으로 가는 게 어떨까 생각하는데…… 정진함 상임 통신원의 생각은 어떤가요?"

"제가 정치를 해 본 경험은 없으나 대한제국을 위해 필요하다면 영국으로 가겠습니다, 전하."

정진함은 별다른 고민 없이 내 말에 바로 대답했다.

"가족들은 어디에 있나요?"

영국으로 떠나면 몇 년간은 못 돌아올 것이라 함께 갈 수 있게 해 주려고 물었다.

"대부분이 경성에서 살고 있습니다. 나라가 망하고 나서 고조부님의 뜻을 따른다는 조부의 결정에 따라 나랏일을 하지 않고 농사를 짓고 있습니다. 또한 외교관으로 활동하면서 외국에서 오래 생활해 가족들과는 함께 살지 않은 지 오래되었습니다, 전하."

"고조부님의 뜻이라고요?"

보통 집안의 큰어른 뜻에 따라 하는 게 많은데, 고조부라는 이미 죽었을 사람의 뜻을 따른다고 해서 궁금증이 생겨 되물었다.

"네, 저희 고조부님께서는 유언으로 절대 한양을 벗어나지 말라고 하셨습니다. 그래서 다른 지역으로 가지는 못하지만, 작금의 나라에서 나랏일을 하지 않는다는 조부의 결정에 따라 가족 모두가 경성에 살면서 농사를 짓거나 장사를 하고 있습니다, 전하."

고조부의 뜻을 지키고 주군에 대한 의리를 지킨다는 게 정진함의 조부의 뜻으로 보였다.

그의 고조부가 왜 경성을 떠나지 못하게 했는지는 알지 못했으나 더 물어보지는 않았다.

"좋아요. 그럼 혼자 영국으로 가겠다는 것이겠군요. 일단 영국에 있는 조력자와 연락을 주고받을 생각이니, 혹시 전할 말이 있나요?"

"없습니다, 전하."

"일단 그럼 정 상임의 이름을 전하고, 무엇부터 해야 하는지 정해 보도록 하죠. 일단 내가 생각하기에 영국에서 목표로 해야 하는 일은 우리 임시정부를 연합국의 일원으로 받아들이게 하는 것이에요. 다들 어떻게 생각하나요?"

정진함 상임통신원뿐만 아니라 옆자리에 함께 앉아 있는 심재원에게도 함께 물었다.

"저도 당연히 그것이 목표가 되어야 한다고 생각하고 있습니다, 전하."

심재원 사무는 내 질문에 바로 대답했다.

정진함은 잠시 고민하더니 심재원의 말이 끝나고 조금 있다 대답했다.

"제가 이한응 공사대리를 모시고 영국에 있을 때 일본에 의해 대한제국의 외교권이 침탈당했습니다. 그때 이한응 공사대리가 영국의 외교관과 많은 의원, 정부 인사를 찾아다녔지만, 그들은 동양의 작은 나라의 공사와는 대화조차 하지 않으려고 했습니다. 이한응 공사대리가 자결한 것도 그런 노력이 전혀 먹혀들지 않아 그 좌절감이 너무나도 컸기 때문입니다. 목표는 확실하나 그것을 실현하기에는 그들의 실리주의적인 성격 때문에 힘들 것입니다. 민족자결주의 같은 원론적인 말로 그들을 설득하기 힘들 것입니다, 전하."

정진함은 많은 고민 속에서 나온 것 같은 대답을 내게 했다.

물론 나도 영국이 우리의 말을 순순히 들어줄 것으로 생각하지는 않았다.

"저도 같은 생각이에요. 자신들에게 도움이 되는 것이 없이 정의에 호소해서는 인정받기 힘들겠죠. 그들이 우리를 인정하자면, 그들에게 도움이 되어야 한다고 생각해요. 그래서 내가 그들에게 내어 줄 수 있는 게 무엇이 있을까 고민해 보았는데, 이것은 어떤가요?"

제국익문사에서 일하며 만든 서류를 그에게 보여 주었다.

지금 우리가 서양 열강에 줄 수 있는 최상의 패가 무엇일까 고민한 결과였다.

프랑스 망명정부에 가장 필요한 것은 돈이었다. 그래서 자금을 지원해 주는 것으로 설득했다.

거기다 프랑스 망명정부는 우리와 같이 나치에 의해 본토를 점령당해 우리의 아픔을 잘 이해해 주는 편이라 쉽게 정식정부로 인정받을 수 있었다.

하지만 미국과 영국은 달랐다.

그래도 미국은 우리 한인도 많았고 이제까지의 노력으로 어느 정도 시작점은 만들었지만, 영국은 아무런 시작점이 없었다.

그래서 그들에게 줄 수 있는 것을 고민해 나름의 묘수를 만들어 냈다.

"파병을 말씀하시는 것입니까?"

영국군의 전선에 우리 군대를 함께 싸울 수 있도록 하는 것이었다.

물론 우리가 전쟁에서 전투병으로 활동하는 것보다는 제국익문사의 특기로 전쟁에 참여할 생각이었다.

"지금 인도의 영국군은 버마가 점령당하면서 일본 제국군과 직접 전선을 맞대고 있어요. 일본어를 하지 못하는 영국군에 일본어와 영어가 가능한 우리 제국익문사 요원들이 들어가 일본군에게 심리전을 하거나 포로를 심문하고, 일본군에 징집된 대한인을 회유해 탈영하도록 하면 일거양득이 되는 작전이 아닐까 생각해요. 버마에서 속절없이 밀리는 영국군을 도와 타이 왕국까지 전선을 회복한다면, 그들도 함께 전쟁을 치른 우리나라를 연합국의 일원으로 받아들이지 않을 수 없다고 생각해요."

"좋은 생각입니다, 전하."

"괜찮은 생각이신 것 같습니다, 전하."

두 사람은 내 말에 웃으면서 대답했다.

"일단 정 상임이 영국으로 가서 가장 먼저 해야 할 일은 우리 요원들이 정식 군인으로 버마 전선에 투입될 수 있도록 협상해 주는 거예요. 그들도 자신들의 전쟁에 도움이 되는 일이니 외면만 하지는 않을 것이에요."

정진함은 내 말에 아무런 말 없이 나를 보고 있었다.

"이 정도로도 모자라는 건가요?"

"아닙니다. 영국군이라면 관심을 가질 것으로 생각합니다. 제가 놀란 것은 이제 막 중경으로 오신 것으로 아는데, 세계정세를 너무 정확히 파악하고 계셔서입니다, 전하."

정진함은 조심스럽게 내게 말했다.

"경성에서부터 제국익문사에 많은 자료를 넘겨받았으니 이 정도는 충분히 알 수 있었어요."

"저도 전하와 같은 생각입니다. 지금 영국은 아시아에서 영향력을 완전히 상실한 상태입니다. 일본 제국의 팽창으로 홍콩과 동아시아 해협 식민지 전역과 버마까지의 영향을 상실하고, 동인도와 버마 전선을 맞대면서 동인도에 대한 영향력을 상실할까 봐 두려워하고 있습니다. 버마 전선에 도움이 될 것으로 사료되는 이번 파병 건은 그들의 구미를 충분히 만족시킬 것으로 사료됩니다, 전하."

심재원이 내 말에 덧붙여서 말했다.

"저도 그렇게 생각해요. 그래서 정진함 상임통신원의 책임이 막중하니 잘 협상해 주세요."

"전하의 뜻대로 이루어질 수 있도록 노력하겠습니다, 전하."

정진함의 말을 마지막으로 대화를 마쳤다. 정진함은 내게 받은 자료를 챙겼고, 심재원도 내가 준 자료 외에 도움될 만한 서류를 챙겨 주었다.

10장

　다음 날 정정화 부인과 정진함을 불러 서로를 소개하고,
영국의 한지윤에게 보낼 편지를 작성해 발송했다.

　영국에서 답장이 오면 정진함이 영국으로 출발하기로 했
다.

　"전하, 미국에서 보고서가 왔습니다."

　영국에 대해서 협상하기 위해 왔던 정진함과 정정화 부인
이 떠난 뒤에 심재원 사무가 내게 서류를 가져오며 말했다.

　"누가 보낸 것인가요? 잘되고 있다던가요?"

　심재원은 대답과 함께 내게 겉 종이를 뜯어내고, 내용을
읽을 수 있게 만든 보고서를 내밀면서 대답했다.

　"발신자는 윤홍섭 박사입니다. 아직 내용은 읽어 보지 않

았습니다, 전하."

심재원이 넘겨준 보고서를 책상 위에 올려놓고 읽어 나갔
다.

　　전하, 우선 계획하셨던 일이 잘되신 것을 감축드립니다.

　　경성의 황후마마와는 전쟁 이후 연락이 불가능하지만, 황후
마마께서도 기뻐하실 것입니다.

　　전하께서 보내 주신 자금으로 프랭클린 루스벨트 대통령이
이끄는 민주당 진영에 후원금을 냈습니다.

　　전하의 말씀대로 해리 S. 트루먼 상원의원에 대한 후원금도
많이 지원했습니다.

　　그리고 그의 후원 파티에도 참석했습니다.

　　지금은 진주만 공습 피격 이후 공화당 후보의 반격이 거세지
고 있어 그의 당선 가능성이 낮다는 게 미국 언론사들의 평가
입니다.

　　하지만 지난달에 있었던 둘리틀 공습으로 자존심은 살려 반
등할 기회는 가지고 있는 상황입니다.

　　전하께서 어떠한 것을 생각하시는지는 잘 알겠으나, 지금 미
국의 여론이 공화당에 유리해 혹시 과반을 확보하지 못했을 때
는 우리의 뜻을 실현하기 힘들 것입니다.

　　지금이라도 공화당 쪽에도 줄을 만들어 두는 것이 좋다는 게
제 의견입니다.

이전의 편지에서도 비슷한 내용을 윤홍섭 박사가 보냈었는데, 이번에도 그는 해리 트루먼이 당선되지 못할까 봐 걱정하고 있었다.

윤홍섭이 딴 박사 학위 중의 하나가 국제정치학이라 미국 정치에도 넓은 견문을 가진 그가 왜 걱정하는지 잘 알고 있어서 그 부분에는 공감하고 있었다.

선거는 확실한 게 없으니, 보험을 들고 싶어 하는 것이다.

하지만 나는 해리 트루먼의 당선에 대해 확신하고 있어서 그에게 다시 한 번 내 뜻을 보내기로 했다.

또한 유일한 박사는 OSS와의 협상을 시작했습니다.

그들은 우리 측에서 제안한 일에 대해 긍정적이며, 미국 본토로 와서 훈련하는 부분에 대해서도 미국 쪽에서 전액을 지원할 예정입니다.

1백 명의 선발에 대해서는 전적으로 우리 측에 맡기는 내용을 받았습니다.

전하께서 제국익문사의 요원 중 선발해서 보내 주시면 될 것 같습니다.

그리고 이곳 미국의 유학생 중에서 전하의 도움으로 아메리칸 대학교에 입학한 장준하 학생이 동미국 유학생들을 규합했고, 대한인유학생회를 조직했습니다.

이들은 북미 대한인국민회와 결을 같이하며 서로 유기적으로 활동하고 있습니다.

제가 이 말씀을 드린 것 장준하 학생이 OSS와의 협력에 대해 알게 되어 유학생 중에서 참여하고 싶어 하는 학생이 있으니 열 명 정도의 정원을 배정해 달라고 요청해 왔기 때문입니다.

장준하 본인도 이 작전에 참여하고 싶어 합니다.

이 부분에 대해서 제 의견은 그들의 참여를 허락하는 것도 좋다고 생각합니다.

젊고 미국에서 대학교를 다닐 만큼 유능한 젊은 청년들이라 우리가 기회를 준다면 좋은 결과를 만들 수 있을 것으로 생각됩니다.

마지막으로 중화민국과 소련의 우리 군 주둔에 대해서는 대통령의 재가를 받아 정식으로 외교적 협상을 해야 해서 대통령의 재가가 떨어지면 진행한다고 전해 왔습니다.

대통령도 일본과의 전쟁에 대해서 열정적이라 충분히 통과될 것으로 예상합니다.

마지막으로 중화민국에서 광복군의 지휘권을 넘겨받는 것은 우리가 연합국에 정식 정부로 인정을 받아야 가능하다는 것이 OSS의 의견이고, 그들도 우리를 위해서 노력해 주겠다는 약속을 받았습니다.

그리고 OSS로부터 우리가 원한다면 우리 군사훈련을 위한 교관을 파견해 줄 수 있다는 의견도 전해 왔습니다.

마지막으로 전하께서 중경에 도착하셨으니, 도움이 될 만한 인물을 소개하겠습니다.

'신익희'라는 사람인데, 그는 제가 일본 유학 시절부터 보아 온 인물로, 상당히 능력도 있고 올곧은 인물입니다.

황실에 대해서도 호감을 가지고 있는 인물로, 만나 보시면 도움이 되실 것입니다.

그에게 건넬 편지도 동봉했으니, 그를 만나시면 건네주시면 됩니다.

다음에 만나 뵙게 될 때까지 건강히 지내십시오, 전하.

"나쁘지 않군요."

내 옆에서 내가 다 읽기만 기다리고 있던 심재원에게 말하고는 다 읽은 보고서를 그에게 넘겨주었다.

"전하의 뜻대로 될 것입니다, 전하."

심재원은 내게 받은 보고서를 곱게 접어서 갈무리하며 대답했다.

"동봉된 편지가 있다고 적혀 있는데 어떤 것인가요?"

"여기 이 편지입니다. 확인해 보았는데 암호화된 문서가 아닌 일반 편지였습니다, 전하."

"제가 아닌 다른 사람에게 건네줄 편지예요."

"여기 있습니다, 전하."

심재원은 내 말에 자신이 들고 있던 신익희에게 보낼 편지를 내게 넘겨주었다.

"그리고 그 보고서는 심 사무도 읽어 보세요. 앞으로 일을 진행하자면 알고 있어야 하는 사항도 들어 있어요. 그리고 미국에 보낼 요원을 아흔 명 선발해 주세요. 영어와 일본어에 능통해야 하고, 암살 작전을 수행할 정도로 건강하고 체력과 능력이 뛰어나야 합니다."

"확인해 선발하도록 하겠습니다, 전하."

"그리고 앞으로는 미국의 전략사무국과 협력이 많아질 것이니, 요원들이 영어로 소통할 수 있도록 교육해 주세요. 먼저 보고서를 확인해 보세요."

"그리하겠습니다, 전하."

내 말에 심재원은 대답을 하고 나서 자신의 자리로 돌아가 품속에서 편지를 꺼내 읽기 시작했다.

그런 심재원을 두고, 나도 한쪽에 놓여 있는 편지지를 꺼내 윤홍섭 박사에게 보낼 답장을 작성했다.

　

편지는 잘 받았습니다.

일단 미국 정치권에 대한 회유와 지원은 이전에도 말했지만, 민주당만 지원해도 괜찮습니다.

이번 선거에서 민주당은 충분히 과반을 확보할 것이고, 해리 트루먼이 선거에서 지는 일은 벌어지지 않을 것입니다.

윤 대인의 정치에 대한 식견은 신뢰하고 있으나, 이번 부분에서는 저를 믿어 주세요.

그리고 주둔 허가가 아직 나지 않은 상황에서는 우리도 OSS와의 훈련에 동참하지 않습니다.

광복군에 대한 우리 군의 지휘권 회복은 요청 수준이지만, 우리 군의 주둔 허가는 필수 사항입니다.

OSS와의 훈련을 진행하긴 하지만, 그 부분이 실행되기 위해서는 우리 군의 주둔이 꼭 선제되어야 하는 조건입니다.

그 부분을 OSS와의 협상에서 명문화하세요.

그렇게 됐을 경우에 우리 쪽에서 아흔 명의 요원을 파견하고, 미국 유학생 중에서 열 명의 인원을 선발해 OSS의 계획에 참여합니다.

OSS와의 협상이 마무리되면 장준하에게도 열 명의 정원을 나눠 준다고 통보해 선발하세요.

선발은 윤 대인과 유일한 박사에게 전적으로 일임합니다.

그리고 OSS에서 제안한 군사훈련 교관 파견에 대해서는 긍정적으로 검토할 것입니다.

우리에게 선진 군 훈련을 교육해 준다면, 우리가 거부할 이유가 없습니다.

윤홍섭에게 보낼 답장을 다 작성하니 윤홍섭의 보고서를 읽은 심재원이 내 옆에 와 서 있었다.

"다 읽어 보셨나요?"

"그렇습니다, 전하. 일단 미국으로 훈련을 보낼 요원을 선발하도록 하겠습니다. 또한, 장준하 학생을 비롯해 대한인유학생회에 대해서는······ 미국의 상임통신원을 통해, 혹시 우리의 뜻과 반하는 인물이 섞여 있을 수도 있으니 신분에 대해 조사해 보라 지시하겠습니다."

제국익문사의 사람들은 기본적으로 사람을 잘 믿지 않았고, 항상 일을 진행하기 전에 뒷조사를 하는 게 기본적인 방식이었다.

"그렇게 하도록 하세요. 아, 그리고 임시정부의 '신익희'라는 사람을 알고 있나요?"

신중한 그들의 방식은 내가 뭐라 할 부분이 아니었다. 그리고 그런 조사가 내 상대를 잘 알게 해 내 일에도 도움이 되었다.

"조사해 놓은 자료가 있을 것입니다. 확인해 올리겠습니다, 전하."

이미 임시정부의 거의 모든 사람을 조사했다고 들었는데, 신익희라는 이름이 나오자마자 바로 대답했다.

"천천히 주세요."

"알겠습니다, 전하."

내가 천천히 달라고 해도 최우선으로 준비해 가져올 것이 확실했지만, 그래도 내 마음이 편하기 위해 말했다.

심재원은 얼마 지나지 않아 신익희에 대한 서류를 가지고 돌아왔다.

"중화민국군에서 중장으로 복무했던 사람으로, 전형적인 독립운동가입니다. 민주주의자와 민족주의자로 분류되며, 임시정부에 입각 이후 아직 이렇다 할 세력을 만들지는 못했습니다. 그는 어느 세력에 참여하기보다는 독자적인 세력을 구축하기 위해 노력하고 있습니다. 윤홍섭 박사를 통해 그를 지원했다는 것을 알게 되었으나, 아직 우리 측에서 공식적으로 접촉한 적은 없습니다, 전하."

심재원이 그에 대한 서류를 쥐 살펴보았다.

비교적 상세하게 작성된 서류를 살피니 그가 어떤 인생을 살아왔는지가 보였다.

"윤 박사가 추천한 인물인데, 왜 접촉을 하지 않았나요?"

"아직 윤홍섭 박사님으로부터 직접 요청이 있지는 않았습니다. 전하께 온 보고서로 처음 요청한 것입니다, 전하."

"좋습니다. 그와 접촉해도 괜찮을지 조사해 주세요."

"알겠습니다, 전하."

심재원에게 지시하고 나서 신익희에 대한 서류를 한쪽으로 제쳐 놓았다.

신익희를 우리 쪽으로 끌어들이는 것도 중요하지만, 지금 당장 더 중요한 일들이 많았다.

우선 일본의 전황이 표기된 서류를 살펴보았다.

제국익문사에서 경성에서 수집한 자료와 임시정부를 통해 건네받은 자료, 또 제국익문사가 독자적으로 수집한 자료를 바탕으로 만들어진 보고서였다.

태평양전쟁이 개전한 지 오래되지 않았지만, 동아시아에서 마지막 미국의 교두보인 필리핀이 완전히 점령당했다고 적혀 있었다.

이로써 동아시아의 패권은 일본의 손아귀에 떨어졌고, 저항하고 있는 지역은 소수였다.

미국의 반격이 아직 시작되지는 않았다.

미드웨이해전이 일어날 것이란 것을 잘 알고 있었지만, 그 해전이 정확하게 언제 일어나는지, 언제부터 준비를 들어가는지 알지 못해서 내가 수집한 자료들을 종합해 보고 있었다.

이미 동아시아를 장악한 일본이 툴리들 공습으로 자신들의 본토가 공격당할 수 있다고 알게 되었으니, 이제 곧 반격을 가할 것이었다.

지금 승승장구하고 있는 일본 해군이 미드웨이해전에서 패하는 것을 계기로 전황이 뒤집힐 것이란 걸 알고 있어서 그 시기 전에 미국과의 유대를 강화해야 했다.

아직 승기를 쥐지 못했을 때 우리 군의 주둔 허가를 받아내고 OSS의 요청에 전적으로 지원해 한 번에 후방 교란을

할 수 있다면, 역사보다 훨씬 이르게 태평양전쟁을 끝내고
우리도 연합국으로서 인정받을 수 있을 것으로 보였다.

모든 일이 예정대로 될 수 있다면 좋겠지만, 그게 실패 있
을 때를 대비해 플랜 B도 만들어 놓아야 했다.

만약 우리가 협상하는 사이에 미드웨이 해전에서 승전해
버리면 우리와의 협상은 똑같이 진행되겠지만, 우리가 쥐고
있는 카드가 약해지는 것은 어쩔 수 없었다.

"일본 해군의 정보를 수집할 방법은 없을까요?"

조금은 뜬금없는 내 질문에 일을 보고 있던 심재원을 비롯
해 모든 제국익문사의 요원들이 나를 바라봤다.

육군에 대한 정보는 그들이 비밀스럽게 움직인다고 해도
땅 위에서 일어나는 일이니 많은 눈과 귀가 있었는데, 해군
의 정보는 상대적으로 취약했다.

"해군 안에 밀정을 심는 방법 말고는 마땅한 방법이 없습
니다. 어느 정도 정보를 수집할 수 있는 밀정을 만들기 위해
서는 많은 시간과 노력, 돈이 필요해 현실적으론 힘듭니다,
전하."

다른 요원들도 마땅한 방법은 없는지 별다른 말이 없었다.

"불가능하다는 것은 나도 알고 있지만 해군에 대한 정보가
너무 부족해 해 본 말이에요. 다들 일하세요. 저는 오늘 먼저
숙소로 돌아갈게요."

평소에도 특별히 많은 일을 하고 있지 않았지만, 오늘 해

야 할 일도 끝났고 마땅히 할 일이 없어 일찍 사무실을 벗어났다.

평소에는 저녁까지 사무소에 있었다.

❦

일찍 밖으로 나오니 나를 항상 따라다니는 최지헌과 1층에서 나를 기다리고 있던 시월이도 나를 따라 나왔다.

"최 통신원, 중경에는 서점 같은 곳은 없나요? 되도록 영어나 프랑스어 서적이 있었으면 좋겠는데."

한문은 잘 읽을 수 있으나, 책으로 읽기에는 내용을 파악하기가 쉽지 않았다.

머리를 식히기 위해 할 만한 취미생활이 없어 읽을 만한 원서 소설이 있을까 해서 물었다.

"이 근처에는 없고, 시내로 나가시면 몇 군데 있습니다, 전하."

"그럼 그곳으로 가죠."

"금방 차를 준비하겠습니다, 전하."

최지헌은 그렇게 말하고 금방 차를 가지고 왔다.

그 차를 타고 임시정부를 갈 때와 같은 길로 갔다.

얼마 지나지 않아 제국익문사의 사무소가 있는 곳이 푸근한 느낌이라면 이곳은 짧은 기간이지만 중화민국의 임시 수도답게 도시의 느낌이 났다.

유럽식 건물도 종종 보이고, 거리를 다니는 사람도 많이 보였다.

차는 한참을 달려 한 대형 목조건물 앞에 멈춰 섰다.

"이곳이 중경에서는 가장 큰 서점입니다, 전하."

"그럼 들어가지."

서점 안으로 들어가니 고서의 냄새와 종이 냄새가 내 코를 찔러 왔다.

벽면 가득 책들이 꽂혀 있었고, 중앙에도 책장이 놓여 책이 가득 채우고 있었다.

"전하, 저쪽에 서양 말로 된 원서들이 있다고 합니다. 양이 많지는 않으나 중경에 있는 것은 거의 다 있다고 하니, 한번 보시면 될 것 같습니다, 전하."

직원에게 물어본 최지헌이 나를 원서가 있는 곳으로 안내했다.

전체적인 책의 양은 많았으나, 영어를 비롯한 원서는 한 칸 정도밖에 없었다.

원서가 꽂혀 있는 것들의 제목을 읽어 나가며 무슨 책이 있나 살펴보았다.

책은 보통 한 권에서 많은 것이 두 권 정도 꽂혀 있었으나 경제학책이나 정치학책 같은 전문 서적부터 영어 잡지까지 다양한 종류가 구비되어 있었다.

머리를 식히면서 읽을거리를 찾다가 프랑스어로 된 원서 서적 중에 눈에 띄는 게 있어서 한 권 뽑아 들었다.

"이게 이 시대에도 있었구나."

현대에 있을 때 읽어 본 책은 아니었지만, 영화는 본 적이 있었다.

엄청나게 유명한 책이어서 자주 들어 본 책이었다.

너무 반가운 나머지 조금은 이상한 혼잣말을 했다.

"그것이 무슨 책이옵니까, 전하?"

내가 한 혼잣말이 이상했는지 시월이가 내가 들고 있는 책을 보면서 물어 왔다.

"코난 도일이라는 작가가 쓴 추리소설일세. 영국에서 상당히 유명한 작품이지."

책은 불어로 번역되어 네 권으로 이루어진 셜록 홈스 장편 전집이었다.

현대에서 읽어 보지는 않았으나, 캐릭터가 워낙 유명했고 소설 자체도 좋다는 말을 들은 적이 있어 네 권의 책을 모두 뽑아 들어 한쪽에 놓고는 계속해서 책들을 살펴보았다.

그 뒤로 내가 아는 책들 중 위인전 같은 책들도 있었으나 재미있어 보이는 책은 없었다. 그래서 셜록 홈스 네 권만 구매해 숙소로 돌아왔다.

숙소에 도착하니 성재가 나를 기다리고 있었다.

"마실을 다녀오십니까, 전하."

"시내의 서점에 잠시 다녀왔습니다."

"이역만리에서도 책은 손에서 안 놓으시니 제국의 흥복에 밑거름이 될 것입니다, 전하."

성재는 내가 공부를 위해서 책을 가져온 것으로 생각해 감격스러운 표정으로 내게 말했다.

책이 불어로 되어 있어 소설책이란 것을 모르는 게 다행이라 생각하면서 대답했다.

"책을 놓지 않는 것이 군주의 도리라고 하였습니다. 그런데 성재께서는 바쁘실 텐데 무슨 일로 오셨나요?"

성재의 생각에 반하지 않기 위해 적당히 대답했다.

"전하께서 장제스 주석을 만나신다는 말을 언뜻 들어 찾아왔습니다, 전하."

"중요한 이야기군요. 일단 내 방으로 가지요."

숙소는 시장의 끄트머리에 있었고, 1층에 식당까지 있어 지나는 사람이 많았다.

그래서 이곳에서 할 만한 대화는 아닌 것 같아 성재를 내 방으로 안내했다.

내 방으로 들어와 책을 한쪽에 놓고 성재를 탁자에 앉게

하고는 대화를 시작했다.

"어디서 들으셨는지는 모르겠으나, 맞아요. 오늘 낮에 차리석 비서장이 찾아와 내게 알려 주었어요."

"그러면 김구 주석이 직접 주선한 만남이겠습니다, 전하."

"차리석 비서장도 그렇게 말하더군요. 이 만남은 일전에 성재에게 선물한 돈에 대해 보답이라고 하더군요."

성재도 그 돈이 김구에 대한 보답도 있었지만, 성재 본인에게 주는 게 훨씬 크다는 걸 잘 알고 있어서인지 쓴웃음을 지으며 내게 말했다.

"의외의 성과입니다, 전하."

"성재는 내가 장제스를 만난다는 걸 어떻게 아셨나요?"

차리석이 오늘 낮에 다녀갔는데 벌써 알고 온 성재가 신기해서 물었다.

임시정부가 이 정도로 정보 관리가 안 되는지도 궁금해졌다.

만약 그렇다면 내가 살아 있다는 것을 일본이 금방 알 수도 있다고 생각됐다.

임시정부에 모든 것을 공개하지 못한 이유도 그 임시정부 안에 분명 일본의 밀정이 있을 것으로 생각해서였다.

"차리석 비서관이 김구 주석에게 보고할 때에 옆에 있었습니다. 그 자리에는 저만 있었고, 제가 전하의 사람이란 걸 알고 있어서인지 딱히 제게 비밀 유지를 하려고 하지 않았습니다, 전하."

"임시정부의 기밀성을 못 믿는 것은 아니지만, 충분히 신뢰하기에는 힘들게 느껴지는군요."

"임시정부에는 너무나도 많은 사람이 모여들어 완벽한 기밀 유지는 힘들 것입니다. 다만 지금 국무위원들은 김구 주석의 사람이거나 저와 함께하는 사람들이고, 양쪽으로 분류하기 힘든 조소앙도 전하의 문제에 대해서는 비밀 유지를 해야 한다는 것을 잘 알고 있어서 전하의 일에 대해서는 비밀이 유지될 것입니다. 심려치 마십시오, 전하."

"이미 공개된 일이니 걱정은 하지 않겠지만 그래도 신경을 쓰도록 해야겠어요. 국무위원들도 한 번 더 단속해 주세요. 근데 장제스 주석을 만나는 것을 확인하러 오신 것인가요?"

"그렇습니다, 전하. 전하께서 장제스를 만나는 게 사실이라면 장제스에 대해서 말씀드리려고 찾아뵈었습니다, 전하."

장제스에 대해서는 어느 정도 잘 알고 있었다.

제국익문사에서 조사한 서류도 확인했고, 이곳으로 오기 전 역사를 배우며 공부했던 기억도 있었다.

그래도 그가 직접 찾아왔으니 들어 보기로 했다.

"경청할 테니 말해 주세요."

"감사합니다. 장제스에 대해서는 전하께서도 잘 알고 계실 것입니다. 제가 말씀드릴 부분은 그가 최근에 했던 말과 행동입니다. 그는 대외적으로는 민주주의를 추구한다고 말하고 있지만, 국민당과 중화민국의 권력을 차지하는 과정을 보면, 민주적이지 않은 방법을 사용했습니다. 또한, 그가 권력을 잡고 나서도 쑨원이 추구했던 민주 헌법을 만들지 않았고, 아직 혼란이 많다는 핑계로 자신의 권력을 강화하는 것에만 치중하고 있습니다, 전하."

성재의 말이 시월이가 차를 가지고 들어오면서 잠시 중단되었다.

"그는 민주주의자가 아니다?"

시월이는 들어도 상관없었기에 그의 말을 계속하게 하기 위해서 질문했다.

"민주주의를 추구하는지 알 수는 없으나, 지금까지 보여준 행태로는 민주주의자로 보기는 힘듭니다. 그리고 난징에서 후퇴하며 그의 지지 기반이었던 장강삼각주長江三角洲의 부유층 대부분이 붕괴하여 지금은 민심조차 잃은 상태입니다."

성재는 내가 생각했던 것과 거의 비슷하게 말했다.

"그리고 최근에는 일반 인민들에게 유교적인 도덕주의와 나라에 대한 충성을 강조하고 있습니다. 하지만 그의 측근과 외척이 부패하고 있다는 소문도 돌고 있습니다. 그 소문이 사실이라면 이런 상황에서는 그의 도덕주의 정책은 실패할 것입니다. 그리고 국가에 대한 충성은 인민의 마음에서 우러

나야 하는 것이지 윗사람들이 강조한다고 만들어지는 것이 아닙니다. 이렇게 이미 내외부적으로 붕괴하고 있는 상황인데, 굳이 전하의 정체까지 드러내면서 만나셔야 하는지 의문이 듭니다, 전하."

결국 성재는 내가 장제스를 만나지 않았으면 해서 나를 설득하기 위해 찾아온 것이었다.

"성재의 말에는 나도 동의해요. 하지만 나는 장제스를 한번은 만나야 한다고 판단했어요. 좋든 싫든 그는 지금 임시정부의 가장 큰 후원자이고, 우리를 연합국의 일원으로 생각하는 강대국의 수장이며, 그의 정권이 우리의 독립전쟁이 끝날 때까지는 유지될 것으로 생각되니까요. 또한 연합국의 회의에서 우리의 목소리를 내줄 수 있는 사람이기도 하고요. 나도 지금 이런 식으로 만날 생각은 없었지만, 김구 주석의 노력으로 만남이 성사되었어요. 그리고 김구 주석 역시 나에 대해서 비밀을 지켜야 한다고 생각해 공식적인 만남이 아닌 비공식 만남으로 주선했어요. 장제스와 비공식 만남은 쉽게 할 수 있는 것이 아니니 만나는 것이 좋다고 생각해요."

"하지만 전하의 비밀 유지는 대한의 운명을 좌우하는 일입니다. 비밀을 아는 사람이 많아지면 언젠가 새어 나갈 것입니다. 장제스가 과연 비밀 유지를 해 줄 것인지도 의문스럽습니다, 전하."

"그래도 한 나라의 수장이니 쉽게 어디 가서 말하지는 않을 거예요. 비밀은 유지되길 바라야죠. 일단은 우리에게 호의적인 사람부터 설득해야 하니, 만나야 한다는 게 제 생각이네요. 심재원 사무도 제가 낸 의견에 반대하지 않았고요. 성재의 뜻이 무엇인지는 잘 알겠어요. 장제스와의 만남에서 조심할 테니, 성재께서도 이번에는 제 뜻에 따라 주세요."

"알겠습니다, 전하."

성재는 나를 더 설득하려다 말을 삼키고 대답했다.

"그래도 성재 같은 사람이 있어 내게 충언을 해 주니, 저는 복받은 사람인 것 같네요."

"아닙니다, 전하. 제가 아니라도 다른 사람이 전하께 이런 말씀을 드렸을 것입니다. 전하의 뜻이 확고하시니 더 말씀드리지는 않겠습니다, 전하."

"고마워요. 이 먼 곳까지 오신 김에 저녁을 드시고 가시지요. 이 상궁의 음식 솜씨가 뛰어나 아주 맛있어요."

대화를 마치고 나니 이미 창문의 해는 지고 있었고, 창문 사이로 들어오는 음식 냄새가 1층에서 저녁 식사가 시작되었음을 알려 왔다.

"이지현 여사의 음식 솜씨는 저도 잘 알고 있습니다. 저도 임시정부와 이곳이 거리만 가까우면 매일 와서 먹었을 것입니다, 전하."

"내려가요."

성재와 함께 식당으로 내려가니, 이미 많은 테이블에 손님과 제국익문사 요원들이 앉아 있었다.

다행히 시월이가 먼저 내려가 자리를 잡아서 기다리지 않고 바로 앉아서 저녁을 먹을 수 있었다.

성재를 수행하기 위해 따라온 비서 최경현도 같은 자리에서 저녁을 먹었다.

그는 나와 같은 자리에서 밥을 먹는다는 것에 조금 놀란 듯했으나, 다른 사람들은 이제 익숙해져서인지 자연스럽게 잘 먹었다.

저녁을 다 먹고 나서 성재는 임시정부로 돌아가기 위해 차를 타기 전 비서에게서 얇은 서류 봉투를 넘겨받아서 내게 다가왔다.

"전하, 제가 도움이 되실까 해서 가지고 온 자료입니다. 임시정부에서 작성한 서류인데, 아무래도 익문사보다는 본인과 접촉도 많이 했고 대화를 나눈 사람도 있으니 조금 더 정확한 정보일 것입니다, 전하."

"이런 것까지 신경 써 줘서 고마워요. 성재는 오늘 나를 설득하기보단 경고를 해 주기 위해서 온 것 같군요."

이런 자료까지 준비한 것을 보면 성재는 날 설득할 것으로 생각하고 온 것은 아닌 모양이었다.

"전하께서는 뜻을 세우시면 잘 꺾지 않으시는 분이라 준비한 것입니다, 전하."

웃으면서 건네는 그 서류 봉투를 받아 들고 성재가 가는
것을 배웅했다.

다음 권으로 이어집니다

운현궁의
주인

양강 퓨전 장편소설

역대급

『전설이 되는 법』의 양강 신작!
역대급 재미가 펼쳐진다!

마법과 몬스터가 존재했던 전생을 기억하고
피와 전투를 갈구하며 평범한(?) 삶을 살던 다한
하늘이 보랏빛으로 물든 날, 전생과 같은 시험이 시작된다!

행성 '페인글리트'로의 이주권을 위한 차원 간 경쟁!
'격'을 높여 인류를 구원하라!

다한과 그의 가족은 전생의 기억 덕에
승격 시험에서 유리한 고지를 차지하지만
새로운 행성을 향한 세계의 이권 다툼 속에
표적이 되고 마는데……

새로운 룰이 세상을 지배한다
'격'이 높은 자가 모든 것을 가진다!

네 멋대로 쳐라

신무명 스포츠 장편소설

고교 루키로 회귀한 메이저리그 아웃사이더!
『네 멋대로 쳐라』

매번 팀을 승리로 이끌지만
이기적인 플레이로 외톨이인 메이저리거 유정혁
혼자 간 클럽에서 변사체로 발견되는데……

다시 눈을 뜬 곳은 고교 시절 자신의 방?
그라운드의 악동이 펼치는 원맨쇼가 온다!

여전히 건방지고 여전히 독단적이지만
선구안은 기본. 어떤 공도 포기하지 않는 잡초 근성 슈퍼캐치까지!
승리의 열쇠인 그에게 중독된 구단과 동료들은
점점 커지는 영향력을 거부할 수 없다!

무수한 백구를 펜스 밖으로 날려 버릴
기적의 그라운드가 펼쳐진다!
그의 시즌을 주목하라!